中公文庫

一病息災

内田百閒

中央公論新社

目次

一病息災

一病息災

私は明けて五十三歳になつた。随分よくもつものだと思ふ。父は四十五歳でなくなつた。私の方が既に八つ年上である。私もその時分に怪しいと思つた事がある。健康も衰へてゐた様であり、不養生をしたし、又父より長生きをする事に就いては不思議な気持もした。そんな事を他人事に考へたわけではないのであつて、何となく越し難い峠の様に思はれたのは当り前かも知れない。私の酒を止めさせようと思つて、君の様な事をしてゐると、お父様のなくなられた歳には君も死ぬぞとおどかしてくれた友人がある。平気な様な顔をしてゐても内内命は惜しい。命は惜しいが日日の生活を改めるのもいやだと云ふ片附かない気持で酒を飲んだり不養生をしたりしてゐるから、友人の忠告を口先では好い加減にあしらつても、腹の底のどこかでは気にしたに違ひない。それで酒を止めるとか、又衛生にかなつた生活に入つたとか云ふのであつたら友人の忠告も役に立ち、さつぱりした気持になれたに違ひないが、明け暮れの仕来りはもとの儘で、段段におやぢの歳に近づいたから憂鬱である。

丁度私の教師生活の末期であつて、その最後を飾る様な法政大学の大騒動が持ち上がり、前半は陸軍の学校や海軍の学校にゐた儘の兼務であつたが、兎に角十五年間教鞭を取つた学校を、旧師に代はつて自分等が月給を貰ひたいと思ひ立つた卒業生達の為に追ひ出された。それにはそちらの肩を持つて後でいい地位になほらうとする内輪の先生達もあり、尻を押して、余勢で学内に辷り込んだ校友もあつたりして勿論一通りの騒ぎではない。それで負けた私達の側も頻りに寄合ひをした。或は味方同志で夜遅くまで議論したり大変な事であつた。その時分が私の身体の一番悪かつた時で、自分ながら長くはもつまいと思つた。歳は父の歳であり、面白くはないし、残念ながら片づいて仕舞ふものならそれでもいいと考へたりした。

学校をやめて合羽坂の陋屋《ろうおく》に穴籠りを始めたが、気分は鬱陶しかつたけれど、何年たつても生きてゐた。いつの間にか五十を越していそぢの翁となつたと考へると、少しは気分もせいせいした様である。いつ迄も同じ顔をして生きてゐるのは見つともないと云ふ様な気もするが、矍鑠《くわくしやく》と云ふ言葉には趣きがあると云ふ風にも考へ出した。暫らく振りに会つた知人から、もとよりは元気さうになつたとか、顔色がよくなつたなどと云はれると、本当にさうである様に思ふ事もある。

養生と云ふ事はいつも念頭に置いてゐる。さうして人並でない不養生をするから、気分の上で面白くない。不養生と云つても多くは口腹の慾である。それに就いて面倒な事を考へるよりも何も食べないのが一番簡単であるかも知れない。さう思つてゐても結局何か知ら食べてゐるのであるから、そんな事を考へる為の弊害は少い。それで方針としては何も食べない。もう食べる歳ではないと云ふ事にする。

私が四十五六の当時、一番調子が悪かつたのは寝不足が第一の原因であつた様に思はれる。近頃はその点に心掛けて、忙しい事があつても無理に起きる事は避ける事にした。二三年来大概夏期は十時間、冬期は十二時間位眠る。調子がよければ一眠りで眠り続ける事も出来る。しかし老耄性睡眠《グライゼンシユラーフ》の兆候は既に現はれかかつてゐて、就眠後二時間前後で目が覚める事も屢ある。眠りが中断したら、それだけ朝遅く起きる迄の事だときめてゐるから、気にしない。いつの間にかまた寝てしまふ。さうして大体右の時間を眠り終はつて、自分でひとりでに目が覚めなければ決して起きない。之は懶惰でもなく我儘でもなく厳重に遵守する私の保健法の一つなのである。

食べる物を食べない様に心掛けて、一生懸命に寝た後は身体が軽くなつた気持がする。さう云ふ時に人に会ふと、健康さうだとか血色がいいとか云ふ様である。一昨年の春から作文の先生の様なお役目で日本郵船へ顔を出す事になつたが、それには洋服を著用する。最初の話では服装等は御自由にと云つてくれた人もあつたけれど、さうは行かない。人の大勢ゐる所には規律と云ふものがある。教師時代の洋服はもう無くなつてゐたから、新しいのを造つて著用した。洋服にはカラをつける。白いカラの上に無性鬚がもじやもじや生えてゐるのは目立つてよくない。合羽坂当時は平気であつたが、頭の髪を箒の様にして置くのも見苦しい。人がさう思ふ前に、自分でネクタイを結ぶ時、鏡にうつる顔を見るのが不愉快である。それで気をつけて鬚を剃り、又髪結床で頭を分けて貰ふ。髪が硬くてうまく分かれないからチックをつける。私は禿げるたちでなく、白髪になる側であるらしい。白髪は沢山生えてゐるが、まだ黒い方が多い。チックの油気で光るものだから、黒い色の反射が強くなつて、白髪が目立たなくなる。さう云ふ顔をして、今はえらくなつてゐる昔の学生に会つたら、先生は綺麗になつたと云つた。その綺麗になつたのが歳を取つた証拠であつて、先生も到頭ぢぢいになりましたねと云つた。

自分もその通りに考へてゐる。ところが暮れから今年のお正月にかけて、外へ出る事もないし客はあらかじめ来ない様にしてある。さうすると洋服を著てカラを掛ける事もないのであるから、一週間ばかり鬚も頭の髪もぼうぼうとした儘でほつておいた。さうして見るとその方が面倒でない。合羽坂時分の野性が目覚めかけた心地である。その内に郵船には出かけなければならぬから、鬚は剃るとして、頭の髪はもうこの儘にしようかと考へた。すつかり油気を洗ひ落とした髪の毛を櫛でかいて見ると、うまく行かないにしても分かれない事はない。拾ひ屋の様な顔の恰好をしようと云ふのではないから、今年からこれでいいだらうと云ふと、傍から忰《せがれ》がそれはいかんでせう。お爺さんになりかかつてゐる人の身だしなみの悪いのは薄汚くて見られないと云つた。矢つ張りさうかと云ふ気になつたので今年も度度髪結床を煩はす事にした。

腹をへらして、寝くたびれる迄眠つて、さうして頭を分けて歩いてゐると大変に身体の調子はいい。特に新春になつてからは一層工合がいい様である。しかし今はよくても私には一つの持病があるので、又ぢき悪くなるのは目に見えてゐる。仮りに悪くならないとしても、いいなりに結局古くなつて行く事には変はりはない。どつちにしても同じ事なのであるから、私の様な病気持ちは、病気の起こつてゐる時と、さうでない時との間に気持の上で大袈裟な区別をつけない様にしたいと心掛ける。

病気を自慢らしく云ふのではないが、又決して悟つてなぞゐるわけでもないけれど、病気と云ふものは、あの世へ行く道筋であり、或は近道でもある。無病息災の人人はその道に踏み迷ひ、そつちへは行かないのか知らと考へてゐる内に有病の君子と同じ方へ動いてゐる事に変りはない。どうせいやな所へ同じ様に行きつくものなら、寧ろその道筋だけでも踏み馴らした方がよくはないか。無病息災は字面の上でも重複冗語《トートロジー》に見える。一病息災で結構であるからその一病を大切にし、一病の道の果てを目の届く限り眺める様に心掛けたい。

尤も自分でただ一筋の道であると思ひ詰めた病気で、必ずあの世へ渡る事が出来るとは限らない様である。突然横の方から飛び出した思ひも寄らない病気で死ぬ事もあり、又死ぬには病気の厄介にならなければならぬともきまつてゐない。大変よく出来た中学生が重い窒扶斯《チフス》に罹かり、病院の医者が一生懸命に手当をして漸く全快した。段段歩ける様にもなり、その内に退院して自分の家から病院に通つて来て、門前で電車を降りた。さうして歩き出した途端に擦れ違つた電車に轢かれて死んだと云ふ話を聞いた事がある。病院にかつぎ込まれた中学生を前にして、係の医者が嘆き悲しんだと云ふのは洵《まこと》に尤もな事である。

私の一病は発作性心臓収縮異常疾速症《パロクシスマーレ・タヒカルヂー》と云ふのであつて、この事については既に本誌に寄稿した事がある。海軍機関学校に於ける芥川龍之介君の思ひ出を誌した中に私のこの病気の発作時の記述がある。それは「竹杖記」と題する旧稿であり、もう一つのもつと近い経験は「養生訓」と題して、共に私の旧著の中に収めた。同病の君子の為にこの事を御披露すると共に、本稿ではその病状なり本人の受ける苦痛なり、或は脈搏二百を数へながら煙草を吹かして人と話しがしてゐられると云ふ様な記述は省略する事にする。

発病の初めは二十八歳か九歳の時であつて、同一の病気に二十何年間悩まされてゐる。ところが近年になつてから、その病気の型が少し変はつて来た様に思はれる。一分間二百前後の脈搏が長い時は三十六時間半も続く様な発作に苦しんで来たのであるが、五十歳を越える頃から、余りさう云ふ事はなくなつた。それで直つたのかと思ふと決してさうではなく、以前にもよく右の発作の後に続いて起こる事のあつた結滞脈が、今度は独立して私の大切な一病の位を占める様になつたらしい。それまでの結滞は大概何時間と云ふ程度でをさまつたのであるが、この頃は短かくて一週間、普通半月位、一番長かつたのは去年の秋で殆んど一ケ月続いた。その苦しみには以前の発作と違つた、また別種の趣きがある。どきどき、どきどきと一秒間に三つも四つも脈の搏つ元の発作は動的であり、どうかすると一分間の内に三分ノ一或はもつとひどい時は半分も脈の抜けてしまふ今度の新型は静的である。

争はれないもので病気までが五十を越すと老懶《らうらん》になるのかと感心する。

私の様な病型に現はれて来る結滞は一一自覚を伴なふので甚だ煩はしい。脈が一つ又は二つ抜けた時は左程に感じないが、その次に搏ち始める時に必ずどきんとする様な衝撃を受ける。

大丈夫だよ、戻つて来たよとノックしてゐる様である。それが続け様に起こつて、しよつちゆう心臓部を敲かれてはいい気持がしない。仕舞には手の平に冷汗が出て来る。多少の緩急はあるが、一たん起こつたら、すつかり発作が終はるまで一週間でも半月でも、目が覚めてゐる限りその不安を逃れる事は出来ない。眠つてゐる間の事は解らないけれど、余りひどくなるとその為に目が覚める事もあるから、睡眠中はやつてゐないと云ふわけでもなからうと思ふ。

一週間より短かくてなほつた事は一度もない。その間は勿論お医者の手当を受けて薬をのむ。やつとなほつた後で、胸の中はすがすがしく、軽くなつた様な気持がすると、非常に馬鹿になつてゐる事に自分で気がつく。人と話しをしてゐて、途中でつぎ穂がなくなつたり、葉書一枚書いても無暗《むやみ》に脱字ばかりして、用心してゐるから注意して読み返す様にはしてゐるが、それで気がついて直した後が普通の文面になつてゐるか否かは受け取つた人に聞いて見なければ解らない。最初はただ不思議な事だと思つてゐたけれど、間もなくこれは薬の所為だらうと云ふ事に気がついた。

それはそれで間違ひないであらう。しかしその外にもう一つ原因があるらしい。昨年の秋の一ケ月も続いた発作の後で、あんまりねぢの緩んでゐるのを気にしながら考へたのであるが、発作中は明け暮れ一ときの休む暇もなく胸の中をどしんどしんと敲くものがゐる。いたづらをされる場所が心臓であつては平気で過ごすわけには行かない。二六時中四六時中そちらに気を取られて、何一つ考へ込むとか、推理するとか云ふ様な事は出来ない。心の働きが全然お休みになつてしまつて、ただ刺戟ばかりを感じて過ごす。さう云ふ期間が半月も続けば大体人間は馬鹿になるであらう。

物事を考へるとか聯想するとか云ふ人並の癖を暫らくの間忘れてしまふのである。情ない様でもあり、だから一病は大切にしなければ自ら求めてその様な境地は中中得られるものではないと有り難く考へたりする。

この頃は一病を深く蔵して息災である。知恵も普通であると思ふ。しかしどうせその内に、遅くとも時候の変り目にはまた始まるだらう。

無事に治まつたとしても、その後では又暫らく馬鹿になる。それが普通に戻つた頃は次の順番が待つてゐる。発作の後で特に利口になる事のない限り、この儘段段うすらと馬鹿に落ちついて行くであらう。変な病気もあつたものだと思ふが、外のと取り代へるわけには行かない。

途中で少少恰好が違つて来たにしろ、凡そ二十五年間渝《かは》るところなく内側から私を励ましてくれたこの持病をこの儘持ち続けて、行く所まで行く事が出来たら私の本懐である。病院の門前の中学生の様な事にはなりたくないが、それも私がさう考へたからと云つて何の役にも立たないかも知れない。病間をねらつて取り急ぎ本稿を草し、おもむろに次の訪れを待つ事にする。

夜　船

実布的里《ジフテリア》の注射が行はれ出したのは私が小学校へ上がる一二年前からであつたと思ふ。しよつちゆう咽喉を痛めてゐたのであるが、その時は今までのと違つて、実布的里であると云ふ事になり、両親や祖母が大騒ぎをした様である。私の咽喉に穴を明けて、そこから護謨の管を通すか、それでなければ注射をするより外に助かる見込はないと云ふ事になつた。

当時は大人達も注射と云ふ事に馴れてゐないし、私は勿論生まれて初めてである。私の家は酒造家でその時分はまだ貧乏してゐなかつたから、一人息子の私の病気をなほす為にお金の事など問題にはしなかつたであらうと思ふけれど、少し大きくなつて聞いた話ではその時の注射は一本五円だつたさうである。私のその頃の記憶に、美濃紙に刷つた貼紙が店に下げてあつて、組合の申合せに依り清酒一升につき金壱銭也値上げすると書いてあつた。それまで一升の小売十七銭であつたのが十八銭になつたのである。その当時の事であるから一本五円の注射は中中高かつたと思はれる。

親達とお医者の相談が纏まつて私に注射をする事になり、いい工合になだめられて私も注射を承知した。当時市中にあつた国立二十二銀行へ店の者が使に行つて、下ろして来たばかりの新らしい五十銭銀貨を見せられたが、余り新らしいので白光りでなく、貝殻の裏の様な青光りがしてゐる。それを注射の御褒美に貰ふ事になつた。痛くてもあばれないと云ふ約束で前金に五つ貰つた。母が一つづつ真綿に包んで、薄い桐の函へ入れてくれたのを枕許において、それから注射を受けた。

痛かつたのを覚えてゐるが、或は泣いたかも知れないけれど、しかしその時の事はそれ程でもなかつた。ただ後がしこりになつて、翌日から病床の中で寝返りをする事も出来なかつた。後の痛み方がひどかつた事を今でもよく覚えてゐる。

お蔭で実布的里が全快したので、注射の利き目は大したものだと大人達が感心したに違ひない。店には船頭が幾人も出入りしたが、船頭と云つても、自分の船を持つてゐて、私の家で造つた酒を積み込み、瀬戸内海の沿岸なり島なりへ帰つて自分の店で売るのである。さう云ふ人達に向かつて、父は店の世間話の間に私が咽喉がつまつて死にかけた事や、それが一本の注射で忽ちなほつた事などを話して聞かせたに違ひない。

ずつと後になつて、年来小豆島の土《と》ノ庄《しやう》から酒を仕入れに来てゐた船頭が、店で涙を流して愁嘆した話を聞き、子供心に刻み込まれていまだに忘れる事が出来ない。その船頭に丁度私ぐらゐの男の子があつて、同じく実布的里に罹かつたのであるが、小豆島の医者は新らしく出来た注射液を用意してゐない。又対岸の讃岐の高松にもその薬が来てゐるか否か請合へないと云ふ事になつて、その船頭は私の父の話から私の町にはある事を知つてゐたから、夜中に病児を自分の船に寝かせて、暗い浪の上を漕いで来た。

市中の船著きから川を下つて、児嶋湾に出る迄に二三里はある。児嶋湾から小串の岬を廻つて米崎沖へ出ると向うに煙の塊の様に見えるのが小豆島である。土ノ庄の船頭はそれを逆に来るのであるが、潮の筋の事は知らないけれども、児嶋湾に這入つてから後は川の流れを遡るのであるから船は思ふ様に進まないに違ひない。苫《とま》の蔭で咽喉のふさがりかけてゐる子供の息のある内に早くその薬のある所へ行きたいと思つて焦慮した事であらう。自分の腕で漕いで行く舳先の切り分ける暗い浪の音が、父である船頭の耳にどの様に響いたかと云ふ事を私自身が父となつた後に想像する事が出来る様な気がする。

どの辺りまで来たのであるか私は知らないが、間に合はなかつたのである。船頭は船の向きを変へて小豆島に帰つたのであらう。いくら冬の夜が長くても、土ノ庄の港に帰り著くまでには白白しい夜明けになつた事と思はれる。

養生訓

医学博士小林安宅先生に寒雀の団子を煮て饗応した事を一寸書き留めておきたいのだが、小林博士は私の寿命をお預けしてある大事なお医者さんであつて、どうかした筆の機みで、私の書いた事に立腹せられたりしたら大変である。あぶない事はよした方がいいと云ふ分別もあるが、又一方にはそれだからなほの事、その綱渡りをして見たいと云ふ好奇心もある。

同じ事柄を記すにしても、御本名を出さない事にすれば、ずつと安全である。それで初めは甘木博士と云ふ事にしようかと思つたが、甘木は某の字を上下二つに分けただけであつて、さう云ふ仮りの名は私の発明でも何でもない。しかし文中の主格に意味をおく必要のない時とか、当人の名前を出すのが遠慮であるとか云ふ場合に便利なので、私は自分の文章の中に、甘木と云ふ名前をいくつも使つてゐる。だから私の書いた物の中から、甘木君の身分や人となりを判断する事は困難である。会社員であつたり、学校の先生であつたり、官吏であつたり、利口であつたり、馬鹿であつたり、正体が摑めないと云ふ事になる。この間も鉄道省の某君が来て、つまりその某君と云ふのが甘木君と云ふ事になるのだが、同僚から君は人間が甘く出来てゐるから、それで文章の中に甘木君と呼ばれるのだと云はれたと云ふ話をしたけれど、それは勿論冤《えん》である。ここにまた甘木博士を一枚加へる事にすると、甘木君の正体はますます複雑になるわけなのだが、どうもさう云ふ名前で書いて行つたのでは、予《あらかじ》め云ひ抜けの道を造つておく様で見つともないからそれは止めた。

それで小林博士と云ふ御本名を持ち出した以上は筆の先に十分気を遣はなければならない。薄氷を踏むが如き心地がする。その同じ事を云ひ現はすにも、虎の尾を踏む様な気持で文を進めると云つた方がよささうに思ふけれども、虎は千里の藪に住みなどと云ふから、お医者様の事を話す場合にその言葉はつつしんだ方が穏当である。

さう云ふ一寸した言葉遣ひに、私はふだんから気を配つているつもりであるが、最近に一つしくじりをした。宮城道雄氏の三番目の随筆集「垣隣り」と云ふ本が今本屋の店頭に出てゐるが、その本の名前に就いて、私は宮城撿校から相談を受けた。それで二三よささうな名前を持つて行つて、撿校の選定にまかせると云ふ事にしたら、その中で「垣隣り」がいいと撿校御自身できめたのである。さうして天鵞絨張りの立派な本が出来上がつた後になつて、ふと気がついて申し訳ない事をしたと思つた。「目くらの垣覗き」と云ふいろは加留多の文句を忘れてゐたのである。いくら撿校御自身できめた事であるとしても、さう云ふ名前を私が持ち出し、又私がそれでよろしいでせうと賛成した責を免れる事は出来ない。

うつかりした事は云はない様に気をつけながら、寒雀の一件を述べる事にする。私は一週間か十日目位には、小林博士の診察室に出頭して診察を受ける事になつてゐるのだが、去年の暮近くから身辺が忙しくなつて、長い間御無沙汰した挙げ句に、仕事に追はれて半月ばかり鉄道ホテルの一室に籠城する様な事になつた為、ますます小林博士の目を逃れた期間が長くなつた。その内に鉄道ホテルは引き揚げる事になつたが、すぐその翌日が私共のやつてゐる箏の桑原会《さうげんくわい》の演奏会なので、ホテルから家には帰らずに、その足で宮城撿校の家へ行つて、その晩は泊めて貰ふと云ふ様な事になり、その会の後はいよいよ押し詰まつた歳末の錬金術に取り掛からねばならなかつたので、到頭年内は小林博士の診察を受けずに年を越してしまつた。大した自覚症状があるわけでもないので、養生をするのも、自分の為ではなく、萬事をお願ひした小林博士への義理であると云ふ風に考へてゐるから、気持はらくである。診察は受けなくても、お薬はずつと続けてのんでゐるので、それだけでも気休めにはなる。時時不安になる事もあるが、それはその場で何とか胡麻化してしまふ。お酒の量を制限せられて、厳重な申し渡しを受けてゐるけれども、考へて見ると、さう云はれてから、もう何ケ月も経つてゐる。その間一度も緩和してくれないのは小林博士の手落ちであらう。もう少少ぐらゐ破目を外しても大した事はなからうと私の方がきめて、内緒で段段余計に飲み出した。

到頭お正月になつて、人がいろいろやつて来出した。年賀に違ひないけれど、暮に私がホテルに行つてゐる時、引越しをしたので、それはつまり私の方でも引越し騒ぎに巻き込まれるのはいやであるし、家の者としても私が傍についてゐて、何か口を出すのは困ると思つたに違ひない、それで私がホテルへ這入るのを待つて引越しをしたのだから、その後私は桑原会の終はるまでずつと家にゐなかつたし、初めて新居に帰つて来た時は、もう押し詰まつてゐたので、友人達も今度の家はまだ何人も知らないから、お正月を兼ねて私の新居を検分すると云ふ好奇心もあつたらしい。例年よりも大勢やつて来て、松が取れる迄、殆んど毎日お客が続いたが、私はそのお相手をして、連夜酒を飲み皿を叩いて日清戦争の軍歌やサノサ節、しののめのストライキ等を歌つて咽喉を涸らした。

それでも薬はのんでゐたので、丁度松の取れた頃切れ目になつたから、息子を使にして貰ひにやつたところが、帰つて来て、お父さんがあんまり来ないから小林先生が見に行くと云はれた。いくら薬ばかりのんでゐても、医者として自分の患者をさういつまでも診察しない儘でほつておくわけに行かない。お父さんが忙しくて来られないなら、こちらでその方面へ出たついでに寄つて診察すると云はれたと云ふので、私はお正月の宿酔が一時にさめた様な気持がした。

自分の身体の事は兎に角として、小林博士に大変申訳ない事をしたと云ふ事をひしひしと感じた。しよつちゆう診察を受けてゐる時には、明日は小林博士の許へ行く日だと云ふ前の晩に宴会などがあると、私は気がらくであつて、その席で少少過ごしても、翌日小林博士に白状さへすれば、後は素人の私が気にする迄もないと云ふ風に考へてゐたが、それは平生の行状がよく、その晩だけの特例と云ふ様な場合の気休めにはなつたけれど、今度の様な不行跡の後に小林博士の検診を受けるのは困る。何とかして胡麻化したいが、さう云ふわけにも行かないし、逃げ出すと云ふ様な事をす可き事でもなし、どうしようかと考へ込んだ。

丸一日小林博士の前を取り繕ふ方法を考へつめた挙げ句に、さう逃げ隠れをする様な事を考へるよりは、いつその事、もう一晩、今度は小林博士の前で少少過ごさして戴いて、先般来はかう云ふ有様でありましたと云ふ事を目のあたりお目にかけ、それを以つて長い間の不心得を打ち切り、翌日からちやんと規則通りにすると云ふ照れ隠しを案出した。

息子を小林博士のお宅へ使にやつて、おやぢがお伺ひして御診察を受ける筈でありますが先生から折角さう云つて戴いたのですから、どうか御立寄りをお願ひ申します。それに就きましてはお正月の事でもありますし、暫らく振りにお目に掛かるのですから、そのお序に御飯を召し上がつて戴きたい。さう云ふ様にお繰合せを願ひますと云はせた。

小林先生はお留守だつたから、看護婦さんにさう云つて来たと云ふので、外の事は兎も角、御飯の点を小林先生が承諾せられたか、どうかと云ふ事ばかりが気になつた。当日になると、お午過ぎから気が落ちつかなかつた。そはそはして仕事が何も手につかない。夕刻前になつて、暫らく振りの来客があつたけれど、今日はお医者様が見える事になつてゐるからと云つて謝《ことわ》つた。お医者と一杯飲まうと思つてゐると云ふ事は云はなかつたが、そのお客がそれではと云つて帰る前になつて、憚りを借りたいと云つて、早くからちやんと用意してあるお膳の前を通つたので少し困つた。

その内に時間が迫つて、いよいよ小林博士がやつて来さうだと思ふと、胸がどきどきし出した。一つ事にあまり気を詰めてゐると動悸が打ちさうになる。私の動悸と云ふのは、普通の人の動悸とは大分違ふのであつて、もう二十年来の持病である。発作が起こると脈搏は二百位になるが、しかし呼吸は普通であつて、煙草を吸ひながら、話しをする事が出来る。すぐ治まれば何でもないが、長く続くと変な気持になつて、死にさうに思はれる。それで夜なかでも夜明けでも小林博士の許へ行く様な事になるのだが、診察室で苦しい胸を押さへて、待つてゐるところへ、外の廊下に小林博士の足音が聞こえると、その拍子になほつてしまつたと云ふ様な事が何度もある。発作だから、なほつたら後は何ともない。よる夜中お騒がせしてすみませんでしたと云ふお詫びをして帰つて来る。小林博士の玄関まで来てなほつた事もあり、自動車がその近所へ曲がつた時になほつた事もあり、苦しくなつて、小林博士の許へ行かうと思つて、自動車に乗つた途端になほつた事もある。普通の心臓病ではないのださうであつて、病名は Paroxysmale Tachykardie 発作性心臓収縮異常疾速症と云ふのである。

しかしさう云ふ風にうまい工合になほらぬ時もあつて、二百前後の脈搏が何時間も続き、十何時間も続き、二十何時間も続き、一番長かつた時は、三十六時間半続いた事がある。小林博士のお宅へ行つたきり、帰る事が出来ない。病院でもないのに夜通しお邪魔をして、次の日もまた暮れて、二晩目の夜明かしをする。もうさうなると自分ではどうしていいか解らない。案ずるに小林博士も持て余してゐられるらしい。死にもしないし、しかしどの瞬間を取つて見ても臨終の状態である。どうせさう云ふ事になつたら、私の方ではらはらして見たところで、何の役にも立たない。それに一度や二度の事ではないから、患者の方で愛想を尽かしてゐる。死にたくはないけれど、死ぬものなら仕方がないであらう。信頼するお医者に任せた以上、そんな事を患者の分際で兎や角考へつめて見たところで、何のたしにもならないにきまつてゐる。死んだつて私の知つた事ではない。萬事は小林博士の方寸にあるだらうと考へて、小林博士の顔を見ながら、煙草を吹かしてゐる。

その動悸が此頃段段よくなつて来た。考へて見ると、去年の秋初めから、持てあます様な発作は一度も起こつてゐない。小さな発作も次第に間が遠のいて、気がついて見ると、もう二ケ月以上一度も起こらなかつたと云ふ事が解つたから、小林博士に報告した。ずつとお薬をのんでゐるからと云ふわけでもないだらうと思ひますけれど、随分よくなりました、と云つたが、お医者様に向かつて、こんな失礼な事を云ふ法はないと気がついたから、それとも私が規則正しくお薬を怠らないから、利いて来たのでせうかと云ひ直した。

小林博士は、さう云ふつもりで処方してあるのだが、少しいいからと云つて自分の方で自慢すると、その後にまたひどいのを起こされた時、面目を潰すから黙つてゐたのだと云はれて、私はすつかり恐縮したが、気分は軽いし、別に小林博士が怒つてゐる様子もないので、しかし、いくらお薬がよくても、患者が云ひつけを守らなかつたら、何にもならない。お薬が利いたのは患者の心掛けがいいからであつて、私は模範患者であると減らず口を叩いて、又その次のお薬を貰つて帰つて来た。

私の病気は動悸ばかりではないので、何年か前の法政大学の騒動当時から、腎臓も悪いさうだが、腎臓は神経でさぐつて見る事が出来ないから、当人の私にはどんなになつてゐるのか、ちつとも解らない。神経性腎臓異常失尿症などと云ふ病名はつけられないであらう。患部に自覚がないので、腎臓が悪かつたのか、悪くなりさうだつたのか知らないが、小林博士はいろいろ日常の養生法を申し渡された。その中に、牛肉がいけないと云はれたのが一番面白くなかつた。一体私はお医者の云ひつけはよく守るたちであり、何でもその通りにしないと気がすまないのだが、しかし申し渡しを受けてから長くたつて、病勢も余り進まないと云ふ事になると、そろそろ批判心を起こす。牛肉はいけないと云はれたが、考へて見ると、牛は冬の間は藁しか食つてゐない。牛の本質は藁である。藁を牛の体内に入れて蒸すと牛肉になる。藁が腎臓に悪いと云ふのは可笑しい。医師の命令に背いて牛肉を食ふと云ふ事は、気がさすから、牛肉のすき焼の事を、うちでは藁鍋と云ふ事にきめると云ふ事を家人に申し渡して、私は此頃頻りに藁を食つてゐる。小林博士がいけないと云はれたのは、広く獣肉の事であつて、其中でも猫や虎の肉が、腎臓には悪いと云ふのであらう。

到頭小林博士の足音がして、私は玄関に出迎へ、座敷で診察を受ける事になつた。するとそれまで黙つてゐた家の者が、急にしやしやり出て来て、お正月以来の私の無茶をみんな小林博士の前にさらけ出した。その場で何か云ふと、私が意地になつて余計に酒を飲んだりするから、知らん顔をしておいて、今夜の様な機会を待つてゐたものと思はれる。私は今となつては何も云ふ事が出来ないので、御診察の結果、案外よかつたら、もつとお酒その他の制限をゆるめて戴きたい、もし果して悪かつたら、明日からは、ちやんともとの様に摂生致しますから、今晩一晩だけお目こぼしに預かりたいと憐れみを乞うた。

診察の結果は矢つ張り不良であつたので閉口した。私の身体の事は差し当り構はないとしても小林博士に対して誠に申しわけがない。かう云ふ事では、生きても死んでも私の知つた事ではないなどと大きな事が云はれなくなる。小林博士は苦い顔をして、折角の一年間の養生を無駄にしたではないかと云はれた。

家の者はあの様に申しますけれど、何もお正月の酒の所為ばかりではありません。ホテル住ひで無理な仕事をしたのもきつとさはつてゐるに違ひないし、その後の越年の錬金の苦労なんか最も重大な原因に違ひないのです。今晩先生をお待ちして非常に気を遣ひ、腹を減らしてしまつたのも、きつと身体にさはつたらうと思はれるから、兎に角御一緒に御飯を戴きたいと云つた。

そんな事ではないかと心配した通り、矢つ張り小林博士は御飯をすませて来られたので、それは使に立つた息子の口が足りなかつたのか、どう云ふ行き違ひか知らないが、少少やけ気味で無理矢理に小林博士をお膳の前へ引つ張つて行つた。それから急に元気になつて、いろいろ饒舌り立てたが、何をそんなに話したかと云ふ記憶はない。ただ照れくさい様な気持で、その場を何とか胡麻化さうとした心事は自分でもよく解つてゐる。

御馳走の中心は寒雀の団子であつて、薄い鍋に酒を利かした汁を煮立て、細かく刻んだ芹を浮かした中に、骨ごと敲いて練つた雀の身を、箸で丸めて入れるのである。

さうして、おなかの出来てゐる小林博士に無理にそれを薦めた。私の高等学校時代に、寄宿舎の連中が校門を出て、夕方の散歩に行く道筋に佐久間さんと云ふ校医の家があつて、その前にかかると、みんながかう云ふ歌を歌ひました。丁度佐渡おけさの流行り初めた当時で、おけさ節なのですと云つて、私がその節をひよろひよろと歌つた。「佐久間の頭に雀がとまるよ、とまる筈だよ藪ぢやもの」

さう云ふわけで雀を取り寄せたのではありません。しかし召し上がらないと、さう云ふ点がお気にさはつた様にも思はれるなどと云ひながら、頻りに雀を薦めた。

その間に、小林博士の目をぬすむ様な、或はわざとひけらかす様な、色色な工合に気をつかひながら麦酒をがぶがぶ飲んでゐたら、大分酔つ払つて来た。明日からはもうこんないい目は見られないのだと思ふと、なほの事うまくもあり、今晩少少過ごしたところで、小林博士がそこにゐられるのだから、後がどんなになつても、私の知つた事ではないと云ふ責任のがれの口実も腹の中で考へた。それでますます調子づいて来たが、その内に小林博士が席を起《た》つて帰られたので、当夜の盛宴を閉ぢる事になつた。きつと自分がゐるとまだ飲みさうだと思つて、小林博士は帰つてしまつたのであらうと後で邪推した。

二三日後に家の者がお薬を貰ひに行つた時、小林博士が出て来て、あの時はこれこれ飲んだでせうと云はれたのが全くその通りで、矢つ張り見ていらしたのだわと帰つて来て私に伝へた。おまけに、先生がお帰りになつた後、まだ飲んだかと聞かれたから、もう一本空けたと云つたと云ふので、余計な事まで饒舌つたと思つたが、しかしもうその翌日からちやんと規則通りに守つてゐるのだから、すんだ事は仕方もないし、構ひもしない。その規則通りと云ふのは、どの位であるかと云ふ事は、小林博士から申し渡されたのを私の胸の中に畳み込んでゐるのであつて、その程度は友人等にはもとより家の者にも決して洩らさない。かう云ふ事は他から監視されては守れるものではない。

寿命

今年の夏は喘息で大分永い間閉口した。漸く治まつた後で何かの折に鏡を覗いて見ると、その中から自分の父がこちらを見てゐる様な気がした。しかし父は、私の今の歳より十年も前に亡くなつたのだから、つまり今の私の歳は父の寿命の中になかつたわけなので、自分の病後の病み上りの顔を見て父の顔だと思つたのは、眼で見た記憶が甦つたわけではない。

漱石先生の何かにも、永年会はなかつたをさな友達に出くにして、その人のお父さんに会つたのかと勘違ひしたと云ふ話があつたと思ふ。さう云ふ経験は私も此の頃の年輩になつてから時時持つ様である。子供の時の近所の娘さんが東京の女学校の先生をしてゐる。その人につい此の間よそのお葬ひで会つたら、昔のその娘さんのお母さんに出会つたと云ふ気がした。

喘息は私の持病の一つであつて、今度の病中に見舞つてくれた友人が、貴方には喘息もあるのかと不思議がつたけれど、持病の中では席次の古い、由緒のある病気なのである。確か五つか六つ位の時から起こり始めて、積み重ねた布団に靠れて苦しんでゐた子供の時の記憶が残つてゐる。寒くなると一冬に何度も寝ついた事がある様に思ふ。一番はつきり覚えてゐるのは、私の郷里の家は市中ではあるが町外れに近い街なので、裏はすぐ田圃である。何処から帰つて来たのか忘れたが、裏の田圃道で二銭銅貨を落とした。暫らく捜したけれど、夕方暗くなつた後なので足もとがよく見えない。それなり家に帰つてさう云つたら、店の者が提燈を持つて一緒に行つて捜してくれた事がある。その提燈の蠟燭に火をつける時に、当時は燐寸はあつたかも知れないが、まだ一般ではなく、おまけに家は酒屋だつたので何か燐寸の火には穢れがあると云ふ様な事を考へてゐたかも知れない。後に出来た燐寸のレッテルに、「神佛燈火用」と刷り込んであつたのを、子供心に覚えてゐる。つまり此の燐寸はお神棚や御仏前の燈明に使つても穢れはありません、と云ふ宣伝なのであらう。それでその夕方も燐寸でなく、経木の端に硫黄のついた附け木を火鉢か炉の埋火につけて火を移し、その焔で蠟燭をともしたのであるが、その時の附け木の硫黄の煙が私の咽喉に這入つた。それがもとで喘息を起こし、何十日も横に寝られない様な苦しみをした。

喘息は不思議な病気の様である。今年の夏の病中に御近所から喘息の本を一冊貸してくれたのでそれを読んでから自分の病気について大分正体が解つた様な気がするし、ますます解らなくなつた様なところもある。夜おそくなつてから、或は明け方に、世間が静まり返つてゐる時、私が大袈裟な咳をするのできつと近所の人が目をさまして私の病気を知り、気の毒に思つて本を貸してくれたのであらうと思ふ。尤も病気の苦しい盛りには、その病気の事が書いてある本など読む気はしない。切り疵をわざわざ繃帯をとつて覗いて見る様な厭な気持がするので、その本を読んだのは大体病気がよくなり掛けてからである。それでその本の知識が大いに手伝ふ訳なのだが、又子供の時からの病歴もあるしその外にもいろいろ聞き知る事があつて、要するに喘息と云ふ病気は不思議な厄介な苦しい病気であると云ふ覚悟をしてゐる。四百四病の中で苦しいと云ふ点から云つたら恐らく第一位に位する病気だ、とその本には書いてある。その癖喘息は他の悪い条件が併発しない限り、喘息そのもので死ぬと云ふ事は殆んどないと云ふ事も書いてある。つまり死ぬ心配はないが苦しい事は随一だと云ふ事になる。患者としてこんな訳の解らぬ話はないのであつて、病気と云ふものは死ぬ為の一つの手掛かりだと思つてゐた。病気の窮極が死ぬと云ふ事に関聯なくしてただ苦しい丈が取柄だと云ふのは面白くない。病気の為の病気、或は病気至上主義の病気と云ふのであらうか。

さう云へば私の別の持病の動悸や結滞も、矢張りさう云ふ病気至上主義の病気の中に這入るかも知れない。動悸、結滞については、今迄の本の中に私の覚え書があるから重ねて繰り返さないが、喘息の事に関聯して云ふと、喘息は子供の時からの病気であり、動悸は三十歳前からの病気であつて、結滞の初まりはもつと遅い。従つて病気の経歴は大分若いのであるが、その為に苦しんだ方から云ふと喘息よりは甚だしい。何度ももう死ぬのかと思つた。しかし段段馴れて来た。又この病気では滅多に死なないと云ふ事を教はつてからは、発作の終はつた後で矢張りさうだつたとその話を確認するのであるが、苦しんでゐる間はどうもそう云ふ風には思つてゐられない。苦しければ死ぬと云ふ事をひとりでに考へる。然るに、此の病気にしろ喘息にしろ、死ぬ病気ではないと云ふ事は、有り難い事ではあるが面白くない話だとも思ふ。

喘息が不思議な病気であると云ふのは、附け木の硫黄の煙が発作を誘発したなどは極く普通の事であつて、それは不思議でも何でもない。此の頃時時起こるのは、大概何がきつかけであつたかと云ふ事を考へて見る。人によつては色色の物がその誘因になるさうであるが、例へば猫を飼つてゐるとか、亜米利加松、亜米利加杉を使つた家に住んでゐるとか、蕎麦の花の花粉を吸うとか、その他何が誘因になるか見当もつかない様な話もある。橋を渡ると喘息になると云ふ人もあるさうだし、お鳥居をくぐると喘息が起こると云ふ人もあるさうであつて、嘘だとも云ひ切れない。お酒を飲むと喘息になり、或はお酒を飲むと喘息がなほると云ふ人もあり、要するに人の事は解らない。

さう云ふ原因になるものをアレルゲンと云ふさうであるが、私は今年の夏本屋から一時に印税を貰つて、喘息で苦しんだ間ぢゆうお金には不自由しなかつた。後から考へて見ると、その時の喘息を誘発したアレルゲンはお金ではなかつたかと云ふ気もする。アレルゲンと云ふ事を広く考へるとその人の性に合はぬ物と云ふ事にもなりさうに思はれる。

私はずつと虚弱な体質で育ち、さうして年を取つた。もともと今くらゐの歳まで寿命が続くとは思はなかつた。四十過ぎの何年かは大分諦めてゐたので、その時分死んでゐたら案外手軽に成仏したかも知れない。それからまた生き伸びて、段段年を重ねてもなかなか死なないから、或はもつと長く続くのか知らと云ふ未練も起こつて来る。

さうなると矢つ張り死にたくはない。死にたくないと云ふ気持は子供の時からあつた様で、抑《そもそ》も生まれた時から死にたくなかつたから、それで今にも死にさうだといふ不安を抱いて成長した。

ずつと小さい時は自分でそんな事をはつきりと考へる訳ではないが、私は一人子であつたし、それから私を無暗に可愛がつた祖母がゐたのとで、一寸風を引いても、或は向う脛を擦り剝いても、一一そら大病だ、大怪我だと騒がれた。さうして親や祖母が心配してゐる中に育つて無事であつたかと云ふとさうでもない。

私の生家の倉と倉の間に焼酎を作る為に掘つた貯水槽があつて、縁は煉瓦で垂直になつて、深さが一間位あつた。夏の午後、みんなが昼寝をしてゐる間に、何をしてゐたのか知らないがその池に私は落ち込んで、お河童頭の髪の毛だけが水面に浮いてゐるのを誰かが見つけた。それから大騒ぎになつたと云ふ話がある。

祖母は信心家で、しよつちゆうお寺に行つてゐたし、又私の守りをした婆やも昔風のかつぎ屋で、何も解らない子供の私に変な因縁話をして聞かした。どこやらの家の息子さんは、易者がこのお子は水難で若死する相があるから気をつけなければいけないと云はれて、川縁や海辺には連れて行かない様にしてゐた。ところが、子守りの背中におぶさつてどこかの店へ這入らうとした時、軒に吊るした暖簾が風に煽られた拍子に外れて、その端が背中の子供の首に捲きついた。それでその子は死んでしまつた。暖簾には店の屋号の水と云ふ字が染め抜いてあつて、水と云ふ字の所が咽喉を締めてゐたさうである。そんな話を私に聞かせて、子供心に訳の解らぬ恐怖を植ゑつけた。

父が亡くなつたのは私が十七の年であるが、脚気の衝心であつたので息を引き取つた前と後の境目がその枕頭に坐つてゐる私によく解らない様な気持がした。今まで口を利いてゐた父がもうこの世の人でなくなつてゐる。私の若い時の気持にさう云ふ事の聯想が妙な風に働いて、自分は今かうしてゐても、いつ幽明の閾を踏み越すか分からないと言ふ不安があつた。

父の亡くなつた後は、それ迄に既に傾きかけてゐた家がすつかり貧乏して、大勢の人のゐなくなつたただつ広い家の中に私は母と祖母と三人で暮らした。その時分の或る夏の午後、上厠して気がついて見ると私は何だか真つ黒いうんこをした様である。出て来てから非常に不安になつた。人間は生まれた時と死ぬ前に黒い糞が出ると云ふ事をきいてゐる。辺りにだれもゐなかつたのを幸ひ急いで庭から廻つて汲取口を覗いて見た。矢つ張り黒かつたので非常に憂鬱になつた事を覚えてゐる。

何だか自分は死にさうである。いつ考へて見てもそんな気がした。しかし死にたくない。死ぬのはこはい。そんな事ばかり考へて歳を取つた。もう覚悟をきめてもよささうなものだが、先程も云つた通り段段延びるとなほもう少しと云ふ未練が出て来る。これから話す甲先生も乙先生も先づ先づ天寿を終はられたのであるが、この頃引き続いて他界せられたので自分の未練にからめてその事を考へて見る。

甲先生は中学の時の受持の先生であつたが、その当時から病身でしよつちゆう風を引いて居られた。風を引くと白いきれで咽喉を捲いて学校に出て来られる。さうすると洋服では襟の工合が悪いからであらう、よく著物を著て教壇に立たれた。怖い先生が和服を著てゐると云ふのは凄味のあるものである。尤もその聯想は何時も洋服を著てゐるお医者が、夜おそく迎へて診察を頼むと著物を著て来る事がある。子供の時の記憶では、枕許にごはごはした袴の膝を折つてお医者が坐つてゐるのはただ事ではない。そんな時にこはい注射をされた事もある。和服のお医者は不断のお医者と違つてゐる。学校の先生も勿論洋服が建て前で、たまに和服姿の先生を見るとこちらが引き緊まる様な気がした。

甲先生は肺病なのだと、昔から生徒の仲間で決めてゐた。ところが当時は病身で学校も休みがちであつたのに、段段年を取られて丈夫になられた、結局七十幾つで亡くなられたのであるが、最後の御病気は肺病ではなかつた。

昔の中学生達が命名した甲先生の肺病は、本当にさうであつたのか、仮りにさうだとしてもどの程度に進んでゐたのか、そんな事はちつとも知らなかつたが、しかし晩年になられてから一寸した過労の後で咽喉から血を出されたと云ふ事をお家の人から聞いた。それは七十を越されてから後の話である。お医者の云ふ意味の肺病であつたかどうか知らないけれど、兎に角一生の間お身体に弱点を持つて居られた事は間違ひない。

一口に云ふと肺病と云ふものは、それで死ぬ人は勿論死んでしまふ。しかし肺病肺病と云はれた人で、案外長生きをしてゐる例も少くない。先程も云つた私の父は四十五で亡くなつたのであるが、父の友人に若い時から肺の悪い人がゐて、矢張り家でもその人を肺病だ肺病だと云つてゐたのに、ずつと長生きして今でもまだお達者である。もう八十を越してゐるだらう。又そんな年寄ではないが私の友人にも肺病で何度か生死の境目を切り抜けた男がある。養生しいしい今でも達者である。まだその外に遠縁で喜寿を過ぎた古い肺病やみもある。

肺病といふ病気は喘息や動悸、結滞と事違ひ、はつきりと死に通ずる素姓の明きらかな病気であると思ふけれど、その最後の到達点を段段に向うへ伸ばしてゆく事は案外出来るのかも知れない。甲先生はそれで、肺病の一生を養生しながら過ごされたものと思つてゐたが、最後の御病気は肺病でなかつた。つまり一生持つて廻つた病気が無駄になつたと云ふわけである。

病気とか寿命とか云ふものは、どうもさう云ふ事があり勝ちなのではないかとも思ふ。

学校の成績の大変良い中学生が腸窒扶斯に罹かつて順天堂病院に入院した。家の人はもとより掛かりのお医者も一生懸命になつて手を尽くした結果、危いところを取りとめて退院する事になり、それから後は病後の手当を受ける為に時時病院へ通つてゐたさうであるが、或る日、順天堂の前の電車通で市内電車に轢かれて死んでしまつた。それで病院のお医者さん達は、折角病気をなほしてやつたのに事故の為に一命を落としたと云ふ事を大変残念がつたと云ふ話を聞いた事がある。死ぬと云ふ事と病気とは、案外関係がないかも知れない。私の持病の喘息や動悸、結滞の方が、その意味では却つて姿がはつきりしてゐると云へるかも知れない。

甲先生は胃癌で亡くなられたと云ふ話である。ところが癌と云ふ病気は、この頃では遺伝すると云ふ説になつてゐるさうであつて、従つて、病死の場合死因が癌であると云ふ事はお医者の立ち場としては公に云はない事になつてゐるさうであるが、しかしその遺伝と云ふ事も、時機を失へば無意味になる。甲先生に仮りに癌の遺伝があつたとしても、その癌の現はれる前に肺病で亡くなつて居られたら、その遺伝の証明が出来ない。

又、乙先生も私の中学時代からの旧師であるが、矢張り最近八十近いお歳で亡くなられた。御病気は癌である。乙先生の家系は皆さん長命であつて、お姉さんは八十幾つであるとか、お母さんはまだその上の歳まで長命されたとか云ふ話を聞くのであるが、乙先生にだけ癌が出ても、乙先生の血筋に癌の遺伝を証明したと云ふ事にはならないのではないかと思ふ。或は考へ方によつてその方は成り立つかも知れないが、さうでない反対の場合を仮定して証明を立てる事は六づかしい。八十幾つのお姉さんが九十になり百になられる間に癌が出ないとも限らないけれど、又その他の病気で亡くなられるかも知れない。乙先生は、丁度癌の出るまで長命せられた為に癌に巡り逢はれたのであるが、仮りに一年半年前に他の御病気、例へば肺炎なんかで亡くなられたとすれば、癌の話は立消えである。

　どうも自分の寿命の中に潜んでゐたものが、或る時機に顔を出すと云ふのではなく、向うの方からやつて来て、丁度こちらの寿命と交叉した時に名乗りをあげるのではないかと云ふ風に思はれる。遺伝を無駄にしないには、矢張り適当な時機まで生きてゐなければならぬと云ふ事になる。六づかしい話である。しかし生きてゐなければ死ぬわけに行かないのは云ふ迄もない。

億劫帳《おくくふちやう》

I

掘立小屋の二畳の畳の上に寝起きして、これでいいと思つてはゐないが、動くのも億劫である。困る時はつくづく困り、さうでない時は忘れてゐる。焼け出されてから二年半の歳月をトタン屋根の下で過ごして又三度目の暗い冬になつた。

II

身のまはり座のまはり全くの乞食暮らしなので寒い冬よりは夏の方が有り難い。昭和十年の前後何年間を過ごした市ケ谷合羽坂の寓居では冬になると狭い家の中に電気煖炉と瓦斯煖炉と石油煖炉を燃やして手焙りの火鉢には炭火をかんかんおこし、その前に浴衣を一枚著て澄ましてゐたが、そんな事は昔の夢である。今の小屋の中では寒くて堪らないから何枚でも重ね著をし何でも引つ掛けたいけれど、身軽にしてゐないと起ち居にまはりのいろんな物が袖や裾にさはつて、折角積み重ねておいたのが引つ繰り返へる。貰ひ物の羽織やどてらもあるがさう云ふ物はどこか広い家に引つ越してからでなければ著られない。

Ⅲ

冬になつてから夏の方がよかつたと云ふわけではないので、貧乏人や乞食には夏の方がいいにきまつてゐる。焼け出された時からそのつもりで夏を迎へ冬を過ごして来たのだがしかし今年の夏は暑過ぎて呼吸が出来ない様であつた。漸く土用も過ぎ暑さの峠を越した頃の時候の良さは思ひ出しても惜しかつた様な気がする。明け方になると少し涼し過ぎて足が冷たくなるから毛布を引つ掛けて眠る。暫らくすると足の先がもやもやして来るので又毛布の外に足を出す。寒いと思つて毛布を掛けると暑過ぎたり、暑いと思つて足を出すと冷え込んだり、と云ふ風には考へない。冷たくなると足を入れればすぐに温まるし、温か過ぎるから足を出せば又涼しくなる。こんな好い時候は又とあるまい、有り難い事だと思つた。

Ⅳ

小屋の中にしやがんでゐる内に世間の諸式が上がつて、困る困ると何人でも云ふし、欲しい物が高くなつて困らぬ筈はないけれど、困つて見ても同じ事の様な気もする。同じ事なら段段世間の物が安くなつてじめじめするよりはましかも知れない。昭和三四年の頃、五拾銭借りる為に半日人を追つ馳け廻した。今になつてその当時の五十銭などと考へるのは意味が無い。

Ⅴ

無花果が食べたいと思つてゐたら家内が電車通の水菓子屋で見つけて買つて来た。十には数が足りない。いくらだと聞くと四十円だと云ふので、値段を聞いて驚いても仕様がないと心得てゐる筈であつたが少し驚いた。うまかつたので家内と二人でみんな食べてしまつたが、しかし物が高いと云ふ事も有り難い。何年か前に無花果を四十円一どきに食べたら二人共赤痢になつて避病院へ連れて行かれる。

VI

お金があれば物を買ふ。その前に一通り考へなければならぬ事は、多くの場合買つた物はお金のかさよりは大きい。大きくても後で潰れる物はかまはないが、いつ迄もその形があるのでは困る。それだけ小屋の中の身辺が狭まり、身の置きどころが無くなる。お酒やうまい物は後になんにも残らないから一番弊害が少い。

VII

小屋の中では諸品をきちんと列べて積んで暮らしてゐるが、中には空つぽの空函などもある。何故捨てないかと云ふに、捨ててもいいのだがさうするとそこの所に穴が出来て、自然にまはりの諸品の釣り合に影響する。それで軽軽しく処分するわけに行かない。しかしさう考へるのは大分云ひわけであつて、本心は何となくけちなのかも知れない。焼け出された翌くる日に、まだこの小屋へ落ちつくとはきめてゐなかつた時、矢つ張り近所の焼け出されの夫婦者がもぐり込んでゐて、その細君が煙草を分けてくれと云つた。分けてくれと云ふのは売れと云ふ事だから、こんな不自由な時に怪しからん事を云ふと思つたが有ればその中を進上してもいいけれど自分の吸ひ料もないのだから止むを得ない。ことわつたら腹を立てて裏の野天の便所の目かくしに立てておいたトタン板を引つぺがして持つて行つてしまつた。後で何故そんなに怒つたかと云ふわけが解つて見ると、煙草は無いと云ひながら膝の前に新らしい朝日の袋を二つも積んでゐたではないかと云ふのだが、二つとも空つぽで、空つぽの袋を潰さずに整頓してあつたと云ふ事を先方は知らない。

Ⅷ

朝起きて庭木に雨の降り灑ぐのを廊下の硝子戸越しに眺めても家の中の一日の順序

はいつもと変らなかつたのは昔の事で、今の小屋ではさうは行かない。顔を洗ふにも上厠するにも小屋の中を掃き出すにも一一難渋する。風が吹いても困る。しとしとと降る雨よりは風の方がいけないかも知れない。小屋の外でする用事がなんにも捗らない上に、がたがたと云ふ音で気疲れがする。人が訪ねて来るのも困る。締め切つてゐる時小屋の外で足音がすると、どきんとする。訪ねてくれるのは大概親切からと思はなければならない。それだからなほ更困る。好意は有り難いがその好意を運んで来た人体が邪魔になる。小屋の明け暮れでは、雨が降るのと、風が吹くのと、人が来るのとは共に天変地妖の中に数へなければならない。一寸お邪魔をしますと云つて小屋の上がり口に起つた儘久闊を叙せられる。無事であつた事、その後も変りがなくて何よりと喜んでくれる間にこの頃では小屋の中のぬくもりがみんな出てしまつて、後でがたがた寒くなる。上がり口を開け放さずに中に這入つて後を閉めればいいと云ふのはその時の小屋の中の情況如何による事であつて、大概の場合不意に来たお客は先づ中へは這入れない。通さないのではなく立錐の地が無いのだから止むを得ない。

Ⅸ

朝起きると小屋の外へ出て口を嗽いだり顔を洗つたりする間に家内が寝床を上げ掃除をして掃き出す。長い間にその時間がうまく一致する様になつてゐる。そこへだれか人が来ると手順が狂つてしまふ。掃除中の家内が手を休めて応対してゐると、いつもの通りの時間で顔を洗つて来ても上がる事が出来ない。客が帰つた後で掃除を続ける間、小屋の外に起つて待つてゐなければならぬと云ふ事になる。仮りに客が十五分間ゐたとすれば、その為に手を休めた家内の手順で十五分、掃除が遅れただけ小屋の外で待つてゐる私の方で十五分、それが別別に次の手順に影響して〆て三十分の妨害では済まなくなる。世の中に人の来るこそうるさけれ、とは云ふもののお前ではなしを借用して貼り出しておきたいが、小屋の上がり口では時すでに遅く、近くの省線電車の駅に掲示するわけにも行かず。

X

主治医のドクトルが焼け跡に小さな家を新築した。その新居へ初めて行つて診察室で待つてゐると、襖の向うで家の人がそこいらを歩く足音がした。家の中で人が歩くと足音がすると云ふ事を随分長い間忘れてゐた。

XI

合羽坂当時に色色病気をして、多分その内に死ぬだらうと思つてゐたのに案外長持ちがする。一に主治医の小林博士のお蔭であつて誠に有り難い事だと思ふにつけては、あれから後今日まで生きてゐると云ふ事がわかつてゐたら又別のつもりがあつた様な気がする。それならさうと云つて戴きたかつたと云ふとドクトルは済まなかつた様な返事をした。

XII

いつ迄も生きてゐるので自然年を取る。子供の時に見た年寄りとかぢぢいとか云ふものの記憶を自分に就いて思ひ出す。何だか知らないがぢつと坐つてゐても手先の用事が馬鹿に忙がしくなつて、あつちを片附けたりこつちをひろげたり、あんまりちらくら手を動かすので時時引つかかつてそこいらの物を引つ繰り返へすからますます忙がしくなる。むしやくしやして手が二本では足りないと思ふ。

XIII

つき合ふ相手も目上は少く、しよつちゆう顔を合はすのは歳下の若い者ばかりである。向うでこちらを立てる様な気持でつき合ふから自然に我儘になつて、何か話さうと初めから仕舞までこちらの思ふ通りの筋を立てて途中で端折る様な遠慮なんかしない。その為に段段云ふ事が長くなつて、元来話さうと思つてゐる所まで運んで行くのが面倒臭くなる。しかし相手は大概おとなしく聴いてゐるから矢つ張り仕舞まで持つて行かなければならない様な事になり自分の話の始末に困る。話の長いのは年寄りの症候だと思つてゐるが一つには学校の先生をして教壇の上で独り言を云つた癖が残つてゐるのかも知れない。一筋の話で長いだけならまだいいけれど、途中で聯想のわき道へそれて又後へ戻り、やつと本筋のそこから出直したと思ふと又別の岐線を走つたりして到頭何を話さうとしたのか解らなくなつてしまふ。聞いてゐる方で気の毒がつて、ずつと前にかう云ふ所からそつちへお話が分かれたのですからなどと元の所へ連れ戻つてくれたりする。

XIV

持病に動悸と結滞と喘息がある。病気の姿は違ふけれど、源は三つとも同じかも知れない。動悸や結滞は暫らく遠のいてゐるが時時思ひ出した様に起こる。さうすると矢つ張り苦しく、忘れてゐた苦痛の復習をする。発作だからその内になほる。なほつた後で、忘れてゐたのは発作時の苦痛ではなく、何ともない時の胸の中のこの何ともない有り難さであると云ふ事を痛感する。喘息は毎年夏になると起こる。夜半から未明にかけて苦しくなるのだが、矢張り発作だからその内に治まる。治まつた後で一服しながら、喘息でなく当り前に呼吸をしてゐると云ふこの工合の良さは喘息持ちでなければ知らない。病気のお蔭で呼吸の味はひを知つて勿体ない事だと思ふ。

沙《すな》書帳《がきちやう》（抄）

甲　章

1

やつと新らしい家を建てて貰つて、三年住み馴れた乞食小屋から這ひ出した。引越したのは五月の下旬である。家の前に焼け跡の広つぱがあつて、広つぱの下が往来である。往来から上がつて来るには低い石段段がある。私のお葬式の時に雨でも降ると困ると先の事を心配した。それよりもその内盛大になつた場合、然る可き所で一献した後自動車で帰つて来るのに都合が悪いと云つた方が聞きなりがいい。

2

広つぱには近所の家の菜園《さゑん》がある。引越した当時はまだ畑の物の丈が低く、耕してない所は瓦礫が一面に散らかつて焼け跡らしく荒涼としてゐたが、それから後の百日足らずの間に菜園物《さゑんもの》も伸びたけれど、それに覆ひかぶさる様にまはりの雑草が生ひ繁つて、大きな草原になつてしまつた。二三日前の午下、出先から自動車で送つて貰つて帰つたが、その石段の下で扉を開けて降りた私の後姿を見て、送つて来た人が車内から、お墓詣りに来た様な風景だと云つた。

3

家のまはりに竹の柵がある。当節板屏などは思ひも寄らぬ事ださうで、さう云へば方方で同じ様な式の竹柵を見受ける。竹の間が荒いから犬でも猫でも勝手に出這入りが出来る。泥坊には格子が少し狭過ぎるけれど跨ぎ越せば大した事はない。その竹垣に沿つて檜葉を植ゑたらよからうと思つたが、三本や五本ですむ事でないから金がかかるに違ひない。それで夏の間だけ垣根が青ければいい事にして、朝顔で我慢する。

4

朝顔は八十八夜の前後に種を蒔くものださうだから、思ひついた時既に一ケ月ぐらゐ遅れてゐた。その上肝心の種が中中手に入らない。季節を過ぎてゐるから道傍の種屋にはもう売つてゐないし、又あつたにしても小さな袋に幾粒か這入つてゐる位では間拍子に合はない。垣根の竹の根もとへ、一本に一粒づつ植ゑようと思ふ。方方を探したり人に頼んだりして、随分遅くなつてからやつと種を貰つた。丹念に数へて見たら五百幾粒あつた。垣根の竹の数はそんなにはない。だから一つの根もとに二つも三つも蒔いた所がある。いい工合に蔓が竹垣にからまつて、こなひだから花が咲き始めた。しかし蔓はまだまだ伸びてゐる。脊の低い垣根では物足りない様である。蔓の先の芽を摘み切ればいいかと思つたが、先を止めても先のない蔓が矢つ張り伸びるから何にもならない。切断した手や足が手頸や足頸のないなりに伸びてゐる様であまりいい気持でないから、先を切るのは止めた。今に五百幾本の朝顔の蔓が伸び放題にはびこつたら何人も私の家に近づく事は出来ないだらう。グリムのいばら姫はいばらに包まれたお城の中で眠つてゐるのだが、私は起きてゐるのが昔と今の違ひである。

5

家を建てて貰つて誠に有り難い。小さいとか狭いとかの不足は考へない。どの位狭いかと云ふに三畳の部屋が三つしかない。しかし荷物の疎開も何もせずに焼け出されたので、身のまはりがさつぱりしてゐるから狭い家の中がきちんと片づく。畳数だけでなく、全体が当時の制限よりまだ小さいのだが、家の向きが広つぱの下の道路に並行して長い方の横腹を出してゐるので、離れて眺めると大分大きく見えて立派である。何しろ新らしいから、きたない筈がない。友人に金殿玉楼の中にゐるのだと自慢したら、白玉楼の中でなくてよかつたですねと祝つてくれた。

6

家の設計の中で最も天才的な点は憚りが屋根の下にあると云ふ事である。だから雨が降つても傘をさして行く必要がない。風が吹いても紙が飛んで散るのを心配しなくてもいい。三年の間、夏は藪蚊が股を刺し冬は吹雪の雪片をお尻に吹きつけた。雪の晨《あした》、小屋の外の野天の炊事場に置いた鍋の蓋に昨夜の雪が積もつてゐるのを見て、近所の人が気の毒がつてくれたが、今年の冬はお勝手にも屋根がある。

乙章

1

新居はそれ迄ゐた小屋のすぐ近くにあるから、棟上げの日にはいつもの通り小屋の中に坐つてゐて、棟木を打ち込む音が晴れ渡つた晩春の空に丁丁と響くのを聞いた。人の事でもお目出度い音だが自分の事だからなほ更である。人が来てゐたので話してゐる時にその音が耳に入り、云ひかけた言葉を切つて聴き入つた。一瞬ふつとした気持になつた様である。焼け出されてからの三年の小屋暮らしで苦労し過ぎたと思ふ。

2

建てて貰ふのだから途中で自分が口を出さない方がいいと考へた。註文をつけたり文句を云つたりし出したら切りがない。自分のうるさい事を承知してゐるから、出来上がつた所へ這入つて行く事にしようときめて、従つて普請場へも立ち入らぬ様にした。見れば何か云ひ度くなるに違ひない。だから棟上げの日にも立ち会はなかつた。しかしそれでは済まぬ様なので友人に代理を頼んで私は小屋の中にゐたから、棟木を打つ音を一旦空に響かせてから聞く順序になつた。

3

三年前のその晩の夜半過ぎてから、焼け出された道ばたの野天で、ぐるりを取り巻く大きな焔の中に鳴り渡つた空襲警報解除の音を聞いた。これで今夜も命だけは助かつたと思つたが、実は空からの危険は無くなつても、その後で地上の焔に追はれて死んだ人が多いのだが、私の場合は近所の大きな建物が焼けたのと私共の時と日が違ふので、前に焼けた焼け跡が火を遮り、そのお蔭で助かつた。焼け跡の広つぱに幾つも落ちた焼夷弾が狐火の様な焔を立ててゐるのを眺めて夜を明かした。

4

降服後間もなく亜米利加から来た爆撃調査団に呼ばれて行つた時、爆弾と焼夷弾とどちらがこはかつたかと云ふ質問を受けた。私が、焼夷弾の方がこはい事は解つてゐるけれども、実際その時になれば矢つ張り爆弾の方がこはいと云ふと、話しが縺れて中中通じなくて困つた。空襲を受けてこはいと云ふのは第一に生命の危険を感ずるからで、命が惜しいからこはいのだとすれば爆弾の爆風などの為に死んだ人よりも焼夷弾の火に追はれて死んだ人の方が遥かに多い事を承知してゐる。東京や横浜だけの事でなく漢堡《ハンブルグ》だつてさうだつたでせう。それはさうだがしかし爆弾の落ちて来る音を聞くと矢つ張りその方がこはい。空襲よりは雷鳴がこはい様なものですと云つたら、ますますこんがらかつて話しの締め括りがつかなくなつた。

5

今年の夏の盛りには殆んど連日の雷鳴で余つ程寿命が縮まつた。しかし天変地異で寿命が縮み花鳥風月で寿命が延びるのは当り前の事である。今年の雷はひどい時はいつも家にゐたからまだよかつたが、戦争の終つた翌年の五月二十三日の午後、省線四谷駅の歩廊で大変な雷に遭つた。低い雲が降りて来て辺りが真暗にかぶさり、つい目の先の土手の向うに火柱が立つて落雷した。雨合羽を著た駅員が、皆さん、隣りの市ケ谷駅で下リ電車に落雷しました。只今その電車が燃えながら這入つて来ますから、もつと後へ下がつて下さいと触れ廻つた。

6

矢つ張り雷様はこはい。空襲の恐ろしさの記憶もまだ薄れてはゐない時であつたが、空襲の恐ろしいのは直接の生命の危険を感ずるからであり、こはい事はこはいけれど雷鳴には潜在的な恐怖が伴なふからもつと漠然とした不安が起こる。何万年来の遺伝の恐怖だらうと思ふ。雷なんかこはくないと云ふ人は心得違ひであつて、天変地異に対しては、すなほでなければいけない。

7

私の持病の一つに夏型の喘息がある。毎年梅雨の近づく五月の末頃から始まり、夏ぢゆう断続して秋風の吹き出す時分になると綺麗に治まる。もう何年来その仕来りに変りはない。今年もその季節になつて、もうそろそろ始まるかなと思つてゐたが何事もないので、或は起こらずに済むのかとも考へ、その内に忘れてゐると或る日の夜明け前、寝てゐる息が苦しくなつて目が覚めた。それが始まりで何日も続いたが、病気と雖も年年の季節を間違へずに起こるのはお目出度い。持病がなほつてゐないのは持病だから仕方がないとして、その持病を去年一昨年又その前の何年来の儘に、季節をあやまたず起こす事の出来る私の身体は達者である。少くともお変りはなくて何よりと思ふ。季節の病気は慣例であり恒例であり嘉例である。持病を起こして咽喉の奥をぜいぜい鳴らしながら、天行は健やかなりと思ふ。

巡査と喘息

私は毎日お午頃に起きて、その日の仕事を午後遅くから、大概は夕方近くから始めるので、順繰りに晩飯が遅くなり、お膳に坐るのが夜の十一時を過ぎるのは珍らしくない。晩のお膳ではお酒を飲むから、時間がかかる。漸く終つてゆつくり一服して、それから雑誌をひろげて見たり、どうかすると将棋をさしたり、それで寝るのは真夜中過ぎになる。

もう寝ようと思つたけれど、あんまり時候がいいので、月夜ではあるし、表を一廻り散歩して来ようと思つた。お酒は飲んでゐるけれど、足許がふらつくと云ふ程ではない。往来に出て先づ西の突き当りにある松の生えた土手の方へ歩いて行つた。月明りの空を低い土手が仕切つて黒い陰になつてゐる。

そこ迄行つて、突き当たつて、土手の上には登らずに引き返したが、その間人つ子一人ゐなかつた。それから今度は往来を反対の方へ歩いて行かうと思ふ。うしろの方でふくろふが鳴き出した。二足三足歩いたと思ふと、焼け跡の縁に残つた混凝土屏の陰から、さつと人影が動いたので、びつくりした。

「内田さんですか」と云つたのは制服の巡査である。「さうです」「御散歩ですか」「はあ」「随分遅い御散歩ですなあ」

さう云つたきりで、又暗い屏の陰に這入つたからその儘歩き続けて、初めに思つた四ツ辻まで行つてから引き返した。

もとの所へ戻つて来て、屏の陰をすかして見たが、もう巡査はゐなかつた。どこか別の所へ行つたのかと思つて家に帰らうとすると、つい二三間先のバラックの陰に起つてゐたので、今度は私がその方へ近づいて行つた。

「どうも御苦労様です」と云つたが巡査は返事をしなかつた。「夜更けの御勤務は大変ですね」

「何ですか」

丸で勝手が違ひ、取りつく島がない。さつきのと人が違ふかとも思つたが、さうでもないらしいけれど、何となく気配が物騒だから黙つて家に帰つて寝た。

翌くる日の晩、又遅くなつてからお酒を終つて、さて寝ようとすると、矢つ張り外を一廻り歩いて来ようと思ふ。おんなじ事が繰り返したくなるのは、お酒に酔つてゐる所為かも知れない。

ところが今度は私が往来に出ると同時に、昨夜とは違ふ別の制服の巡査が物陰から出て来て私と一緒に歩き出した。

初めの内黙つてゐたから、私も黙つてゐたが、大分行つてから、「どこへ行かれます」と云つた。

「散歩です」「今頃の時間に散歩ですか」「寝る前の散歩です」

道の角まで行つて私が引き返さうとしたら、巡査が一寸立ち停まつたので、「一緒に帰りませう」と云ふと、返事をしないで、すつと角を曲がつて、急ぎ足に向うの方へ行つてしまつた。

どうも調子が合はないので気持が悪いが、止むを得ない。

二晩夜更けにそんな事をしたら、持病の夏型の喘息を起こして、それから後何日も苦しかつた。

病閑録

今年の秋はお天気の好い日が続き、風も吹かず、どこかへ行きたいと云ふ気がした。どこと云ふ当てはないが、どこだつて同じ事で、どうせ行き著いた先の宿屋から、一足も外へ出るわけではない。況《いはん》やお酒を飲んで寝てしまへば、秋田の宿も鹿児島の宿も変りはない。

さう云へば私はまだ阿房列車を仕立てて行く先の心づもりが、幾つか残つてゐる。北陸線、山陰線、九州の日豊線等、それから四国へも渡りたい。区間列車の由比、興津へは何遍でも出掛けたい。

又気を変へて、阿房船の事も考へた。郵船の釧路航路で北海道へ上がつて来る。この航路はあまり秋が更けると、海上の霧が深くなつて、つまらないさうだから、行くなら成る可く早く出掛けたい。もつと寒くなつてからなら、沖縄航路がいい。しかし沖縄まで行つてしまふと感傷が起こりさうだから、途中の寄港地鹿児島で上陸して帰つて来よう。

毎晩、取りとめもなく、そんな事を考へてゐる内に、九月の末頃から、少少面白くない事が起こりさうになつた。

私に持病がある。動悸、結滞、不整脈。それからいい工合に一両年起こらないが、夏型の喘息。喘息は子供の時からの持病で、子供の喘息だから小児喘息と云ふのかと思つてゐたが、それは形が違ふさうで、今でも持病として保存してゐる同じ型の喘息を子供の時からやり、子供の時の喘息をその儘ぢぢいになつても役に立ててゐると云ふに過ぎない。

もう一つ後年になつてから、蕁麻疹《じんましん》が起こり出した。主に手頸から先に出来て、痒くて痒くて堪らない。その痒さは筆舌を以つて尽くす事が出来ない位で、白い色の痲《まろ》子《せ》になつてふくれ上がつた上から爪を立て、力の限り押して押さへて、何とかして地球の中心まで届かせようとするが、もう少し足りないと云ふその届き兼ねた所が痒くてぢつとしてゐられない。

これも立派な病気であつて、四百四病の中の一つの地位を占めてゐるのであらう。しかし痒い放しでは困るが、痒い所を掻くと云ふ、その痒きを掻く事は、人生の快楽の一つである。搔けばいい心持がすると云ふお釣りだが、反対給付だかがついてゐるのは難有《ありがた》い。

喘息の苦しさは説明する迄もない。ところが普通の気管支喘息は、どんなに苦しくても、呼吸が詰まつてしまふ様な思ひをしても、喘息で死ぬことはないさうで、だから安全無比の病気であると同時に、死ぬ程の苦しみを死ぬ筈のない者にさせると云ふ悪魔だか病気の神様だかの独創心に驚く。芸術の為の芸術。スポーツの為のスポーツ。何の目的もない、人の生死に関係のない、ただ病苦だけを齎す病気の為の病気。だから喘息は称《たた》ふ可きかな。その喘息を私は持つてゐる。

動悸と云ふのは、ただ胸がどきどきするだけのあの事ではないので、その発作が起こると、脈搏が一分間に百八十から二百ぐらゐになる。普通の看護婦などでは手頸の検脈は出来なくなる。色色の持病の中で、この発作が一番苦しく、無気味である。タヒカルヂイと云ふのださうで、要するに心臓その物の疾患ではないらしい。しかし何分場所が場所だから不安感が強い。脳の脳神経衰弱、胃や腸の神経衰弱、生殖器の神経衰弱、皆その器官、オルガンに故障はなくても、機能、ファンクシヨンに障礙《しやうがい》が起こり、眠れなかつたり、こなれなかつたりその他どうかして、本物のさはりかと思ふ。心臓のタヒカルヂイはそれに似たものかも知れない。私はその発作を、一番長かつた時は三十六時間半、続けざまに続けた経験がある。勿論生きたる心持はなかつたが、しかし死にもしなかつたから、その後で歳を取つた。

三十六時間半に次ぐ次の記録は二十六時間半である。十時間前後のは何遍でもある。簡単に二三分から五六分ぐらゐで、なほる時もある。短かい時でも長い時でも、なほる時には耳の穴から何だか知れないものが、すぽんと抜けて行つた様な気がする。さうして見るとこの病気の実体、つまり目に見えない悪魔の姿は、さう大きな物でないと云ふ事が解る。耳の穴から出て行くぐらゐだから。

一分間に百八十も二百も脈を搏たせるのが、どんな結果になるかと云ふ事を、長い発作のをさまつた後で、つくづく考へる。カナリヤの脈は非常に速く、象は馬鹿に遅いさうである。それで象は何百年も生き、カナリヤはぢきに死ぬ。さうすると私はタヒカルヂイと云ふこの発作の為に、その時は死ななくても結局の所では随分寿命をすり減らしてゐるだらう。一分間の内に、普通の人の三倍ぐらゐ無駄な脈を搏たせて、後でそれを取り戻す方法がない以上、止んぬる哉で止むを得ない。

タヒカルヂイの動悸ではなく、そんなに速く沢山は搏たないが、胸の中が変な風にもつれて苦しい発作もある。結滞を伴なふ不整脈であつて、矢つ張り悪魔の悪戯の一つである。この型は耳の穴からすぽんと抜ける様にはなほらない。十何年前臺湾へ行つた時、目的地の臺南の近くの蕪荳に著き長押《なげし》の上で守宮《やもり》の鳴くのを聞きながら、ぐつすり眠つて翌朝目がさめたら、この発作が起こつた。胸の中へ昨夜の守宮が這ひ込んだ様で気持が悪くて苦しくて仕様がないが、旅先ではあるし、早くなほれ早くなほれと念じてもちつともなほらない。大体二週間ぐらゐ続いて、なほらない儘で東京へ帰つて来てから、気がついて見たら、いつの間にか、やつとなほつてゐた。この型の発作は、さう云ふなほり方をする。

もう一つの持病は結滞である。これは以上列記した病型の中で一番らくであるが、しかし起こつてゐる時は、外のと比較して、これなら構はないと云ふ気はしない。矢張り苦しくて憂鬱で何事も考へられないから、割り切れない宙ぶらりんの所へ浮いてゐる様な気持がする。

脈搏が不整になつたと云ふ気はしない。大体正常に搏つてゐてその中が時時抜けると云ふ感じである。抜けた事が一一胸にこたへて解る。そこが神経性なる所以なのだらう。本当の結滞、つまり心臓の衰弱から起こる結滞は、抜けた事を感じないのではないかと思ふけれど、それはよく知らない。八十四でなくなつた祖母の晩年には、私が時時検脈して見ると、しよつちゆう結滞してゐたが、御本人は丸で感じなかつたらしい。

私だつて若し便便と生きてゐれば、いつかは八十四になる。若い時からこれ程気にした結滞が、知らない内に起こり出す様になつてはお仕舞だと思ふ。しかし今、一一わかる味はひを賞玩してゐるわけでもない。あまり続けざまに、頻数《ひんさく》に起こると、不安感が高《かう》じて手の平や額《ひたひ》に冷汗がにじむ。段段胸の中が苦しくなる。お医者の手当を受けても、すぐにはをさまらない。さう云ふ時に一番よく利くのは、少し熱めのお燗であつて、ホツトヰスキイも利かない事はないが、お燗の酒には及ばない。コニヤツクやヂンも沢山飲めば利くかも知れないけれど、沢山飲むのはいやだから、結局利き目を実験した事はない。

手の平が冷汗で濡れて、胸の中が凸凹になつた様な感じで、一所にぢつとしてゐられない程不安になる。前後のつながり、やりかけた事、考へかけた事、そんな事は全部そこで打ち切り、大急ぎでお燗をつけて貰ふ。大概の場合、一本飲んだ頃は少しらくになり、二本目をあける時分には、綺麗になほつてゐる。だから初めの一二本は全くの医薬の働きをする。そこでらくになつた胸の中を享楽し、何ともないと云ふ事は、こんなにいいものかと沁み沁み味はひながら三本目に移る。初めの一二本は病人が薬を飲んだのであつたが、三本目から後は酒飲みが酒を飲んでゐると云ふ情態に変化する。

ただ私はお行儀がよくて、一日に一度しかお酒を飲まないから、それが癖になつてゐるから、何度起こるか解らない結滞の発作の度に、一一この療法を行ふわけに行かない。ふだんの時間よりいくらか早目にする位がせいぜいで、二度も三度も結滞押へのお酒を飲む気にはなれない。無理に飲んでも、欲しくないお酒を飲んだのでは、利き目がない事は解つてゐる。

人にその話をすると、それがいけないのだ。結滞が起こるのは、お酒を飲むからでせうと云ふ。

さう云つては悪いかと思つて、云ひたい事を胸にしまつてゐるが、云はなくても、ありありと顔に書いてある様なのもゐる。

それはさうでないと云ひ切るわけには行かない。原因の遠い筋を辿《たど》れば、若い時からの何十年のお酒が祟つてゐないとは請け合へないし、事によるとさうかも知れないが、しかし又さうではないかも知れない。そんな長い間の事が、今現に起こつたり、をさまつたりしてゐる発作に即して判断出来るものではないだらう。

医者に二種ある。お酒が好きな医者と、お酒が好きでない医者とである。後者はお酒と云ふ物をきらつて目のかたきにし、御自分の判断で筋が立つ限り、悪い事はお酒の所為にしてしまふ。幸ひに私の主治医は前者に属するので、患者としての立ち場がどの位助かるか解らない。

今度の結滞は、九月の半ば頃から少し萌《きざ》し掛けてゐた様だが、段段にその症候がはつきりして来た。十月の三日が名月であつたが、昼間の内は曇で時時薄日が射し、後に晴れたけれど切れ雲が徂徠《そらい》する空の儘で日が暮れた。名月は陰の暗い断雲の間を渡つてゐたが、次第に雲が消えて、夜半近くから澄み渡つたお月様になつた。

名月の晩から、結滞は本調子になつた様である。それから毎日毎晩、なほつたかと思ふとなほつてゐない。次第に頻数《ひんさく》になつて、もうなほつたかと思ふ事もなくなつた。蜿々《ゑんゑん》と続いて大体五十日の間、寝ても醒めても胸の中の凸凹《でこぼこ》の、歪《ゆが》んだ様な、縺《もつ》れた様な苦しさが忘られなかつた。

兆《きざ》しはあつたが、まだ本物になつてゐなかつた十月の一日に、東京鉄道管理局から、今年は昔の新橋駅から初めて汽車が走り出して以来八十年になる。そのお祝ひをするに就き、行事の一つとして十月十五日一日だけ、私に東京駅の名誉駅長をやつてくれと云つて来た。

何かの行事に際して郵便局の名誉局長だとか、その場限りの知事だとか、そんな事がこの頃はやる様である。新聞でさう記事を読み、別ににがにがしいとも考へないが、しかし私の好きな趣向ではない。ところが東京駅の名誉駅長を頼まれて、私は汽車が好きなものだから、満更いやでもない様な気がしかけてゐる所へ、名誉駅長の任務の一つとして、十二時三十分の特別急行「はと」を私に発車させてくれと云つたので、うれしくなつて引き受けた。昨今胸の中の工合はよくない。しかしその話はまだ半月先の事である。それ迄にはきつとなほるだらうと思つた。

ところが日を追つて段段悪くなるばかりで、なほるどころではない。胸の中が苦しいし、苦しいのを我慢するとしても、私自身が面白くないから、そんなお附き合ひはよしたいと思ふ。しかし約束して引き受けた事だから、さうは行かない。

いろいろ迷つた挙げ句、当日は主治医を煩はして同行して戴く事になり、漸くその日の責を果たした。一日の内に何遍でも、随分苦しくなつたが、鞄を持つた主治医の博士がいつも傍にゐる。それで我慢して、所定の任務を遂行する事が出来た。所定の任務だけではない、私の思ひ立つた勝手な事もしたが、お附き合ひでする事も、こつちの勝手でする事も、すべての胸の結滞をぢつとこらへてした事であつて、その心事の壮烈なるは、鬼神も泣いた事であらう。

その十五日の件と直接関係があるわけではないけれど、つまり私が東京駅の名誉駅長になるからと云ふのではないが、矢張り鉄道八十周年の関聯で、二三の座談会を持ち込まれてゐる。身体の工合から云へば、成る可く御免蒙りたい。ところがどの会にも、同座する相手に、暫らく振りで会ひたいと思ふ人がゐる。この結滞はそれ迄にはなほるだらうと、同じ様な空頼《そらだの》みを掛けて引き受けた。さうしてその日になつて少しも良くなつてゐない。苦しい胸を押さへて人前に出なければならぬ羽目になる。

最初の会は十月五日にあつて、十五日の当日よりは十日も前である。結滞が本調子になつてから、まだ日が経つてゐないので、こじれてはゐないが、結滞の出花《でばな》とも云へる勢がある。会場の丸ノ内ホテルへ行き、先著の諸君と暫らく話し合つてゐる間が可成り苦しかつた。それから別席の食卓に著き、お酒を飲み出したら忽ち胸の中が真直ぐになり、広くなり、よその宴席の事だから、サアギスを受けて杯を空けるので、もうどの位飲んだかと云ふ事など解らないが、大体家で飲んでよくなる程度位飲んだと思ふ時分には、一先づ全快してゐた。

だから結滞中にかう云ふ席へ出て来ても、主人側が期待してゐる仕事が出来ない事はない。目出度く任務を果たし、少少酔つ払ひ、明かるくなつてゐる胸で家に帰つて来る。さうして翌日は又前に何事もなかつたかの様に、何事もと云ふのは昨夜は一先づなほつて、何ともなかつたのに、と云ふさう云ふ事を忘れた様に、ちやんと結滞を続けてゐる。

その次の会は、間二日を置いた八日の晩で、今度は日本料理の席であつた。かう云ふ時は、腰を掛けるより坐る方がいけないかも知れない。向うへ行つてから、先著の人に挨拶したり、まだ来ない人を待つたりする間、大分工合が悪くなつた。人を待つ、或は人のする順序が捗らない、さう云ふのがこの病気には一番いけないらしい。いらいらするわけではないと自分では思つてゐるけれど、さう思つてゐない所で矢張りいらいらしてゐるのかも知れない。我儘ばかりで結滞を起こす事は出来ないが、多少は我儘病だと云ふ疑ひもない事はなささうである。人を待つたと云つても、さう長い事ではない。間もなく顔が揃つて、お膳が出て、少しく廻つたら、ぢきにらくになつた。

その座の任務に事を欠かなかつたのはこの前の時の通りである。さうして明かるい胸で家に帰つて、寝て、明くる日は又結滞してゐると云ふのも、この前の通りである。抑《そもそ》も宴会などに出掛けるのがいけない、と説をなす者がある。安静にしてゐなければいけない。病気は何でも安静が第一である。

私はかう云ふ際に、何も好んで宴会へ出掛けるわけではない。先方で予定して来た用事を果たす為、引き受けた以上出掛ける迄の話であつて、その用事の席がいつも宴会になると云ふに過ぎない。しかし、お酒の影響は兎も角として、なぜと云ふにお酒は家にゐても飲むからその点は同じ事だとして、支度をして時間迄に出掛けて、人に会つて帰つて来れば、どこへも行かなかつたよりは疲労する。その疲労が翌日の結滞に作用してゐないとは云はれない様である。

ただ、安静論者の知らない大切な一事がある。私の様な結滞には、ぢつとしてゐると云ふ事が一番いけないのである。なんにもしないでゐると段段に脈搏が落ちつき、数がへり、結滞を誘発する。過激な運動はいけないに違ひないし、第一、苦しくて出来もしないが、こそこそこいらを動き廻つてゐる位は結滞押へに一番いい。しかしそれも余り頻数《ひんさく》に起こつて来ると、出来なくなる。お酒を飲めばらくになると云ふのは、脈搏を緊張させ、数をふやすからだらうと思ふ。

到頭、名誉駅長の十五日になり、自分で面白がつて引き受けた約束の為に、一日ぢゆう苦しい思ひをした。已《すで》に半月連続してゐる結滞の胸を押さへて大勢の人に会ひ、見馴れない顔に挨拶し、知らない人と口を利いた。非常に疲れたから、落ちつけば盛に結滞が出て来る。

漸く一日の行事を終つて晩餐会の時間になつた。一日の行事と云ふ中に、東京鉄道管理局の側で予定しなかつた私の勝手な仕事もあつて、それで気を遣ひ、ますます疲れたが、その件はこの燕燕訓ノ四、「時は変改す」の中に書いたから、ここでは繰り返さない。

晩餐会では、私は一番の上　座《エーレン・プラッツ》を当てがはれた。物物しく著座して見ると、花形に折り畳んだナプキンや銀器の向うに、麦酒のコップしかない。麦酒は好きであるけれど、かう云ふ時の薬用としては利き目がまだるつこい。開宴の前の主催者の挨拶を空耳《そらみみ》で聞き、やつと終つたところで幹事に相図して傍へ来て貰つて、僕だけはお酒にして下さいと頼んだ。

西洋料理の宴席で飲むお酒の杯は、どこでも大きい。大きな杯で飲むのは好きではないけれど、そんな我儘を云つてゐる暇はない。早く飲まないと、胸の中が大変である。ボイのサアギスの中に、私の所だけ女の子の給仕が出て来て、つきつ切りでお酌をしてくれる。主催者への我儘だけでなく、同席の他の皆さんに対しても、どうも相済まん事だと思ひながら、矢継ぎ早に飲んだら、忽ちらくになり、胸の中が広広と明かるい感じである。従つて大変御機嫌がよくなつた。患者が薬を飲んでゐたのだから、今までは、傍にゐる女の子は看護婦であつたが、病気がなほつたその続きで飲み続けるお酒は、即ち酒飲みの酒盛りである。従つて彼女も変身して、看護婦ではない別の美人である。

もう酔つたのに、いくらでもお酌をしてくれる。さう云ふ風に命ぜられたのだらう。だから、辞するは礼に非ずと心得て、いくらでも飲んだ。疲れてはゐるし、胸の中は軽いし、それに杯が大きいから、酔つたと思つた時よりは更に酔つた。どうもこれはいけないだらうと云ふ事を、ちらちら考へる。エーレン・プラッツの主賓が、一人だけお酒を飲んで、お酌をさせて、朦朧としてゐるのは鉄道八十周年祝賀の風景として纏まりがない。

お開きになつて、ふらふらと起ち上がり、出口へ歩いて行くのを、列立したボイが見てゐる。会場が東京駅階上のステーション・ホテルなので、彼等の中には顔馴染みがゐる。なぜと云ふに、私は今年の正月三日の晩、ここで二十幾人のお客をして、あんまり長尻をしたからボイ達にきらはれた様な被害妄想がある。

当日の大任を果たし、宴会のお酒で結滞も散らし、目出度く家に帰つて来た。今朝はいつもより早起きしたから寝不足で、さうして非常に疲れてゐる。過度の疲労がきつかけとなつて、或はこれで結滞がなほるのではないかと思つて寝たが、翌くる日起きて見たら左にあらず。結滞と云ふものは、そんなに甘いものではなかつた。

三四日してから、又雑誌社の座談会があつた。前前から約束してゐるから、出ないわけに行かない。今度の会は、直接十五日の名誉駅長に関係がある。東京駅を引き受けた私の外に、上野駅と新宿駅の名誉駅長になつた二人の紳士を請《しやう》じて、三人で所謂鼎談をやつてくれと云ふのであつた。迎へを受けて出掛けたが、矢つ張り胸の中が大変よくない。行つて見ると河豚《ふぐ》料理である。河豚は食べたくない。しかしお酒は早く飲みたい。さう云つてことわつて、外の肴でお酒を飲み始めた。なぜ河豚を食べないのか。こはいのかと聞かれた。

こはいのが第一で、しかし二三度食べた事はあるが、人が云ふ程うまいとは思はない。ほしくないのが第二だ、と答へた。

こはかありませんよ。大丈夫ですよ、と云ふ。

大丈夫だと云ふのは、事によるとあぶないからで、だからその危険を冒す気がしないのです。河豚の危険をお酒で冒した方が僕の勝手です、と云ひながら頻りに杯をあけた。

間もなく胸中の苦悶が雲消霧散し、本題の話しについて行かれたが、帰つた前後の事が余りはつきりしない所を見ると、余程酔つてゐたのだらう。結滞押へに飲むお酒は、追つ掛けられる様な気持で杯を口に運ぶから、どうしても酔ひが早く、又深い様である。

さうしてその翌くる日は、又よくない。その次の日も矢張りいけない。毎日同じ事を繰り返して、十日余り経つた。

その内もう良くなるだらうと思ふ事は止めなければならないのでないかと考へ出した。発病以来一ケ月である。前から主治医に勧められてゐた、その方の専門の大医の診察を受ける事、心電図エレクトロ・カルヂオグラムを撮る事を決心した。

十一月の初めにその大医の来診を仰いだ。主治医の博士と、その大博士との立ち合ひで診察を受けたが、診断の結果は主治医が承知してゐて下されぱいい事で、患者風情の私なぞが知つた事ではない。ただその際いろいろの事を聞かれたのに答へた中で、私のお酒に就き大医の大博士から褒められたのは、望外の面目であつた。私が一日一度、晩になるのを待つて飲むだけで、昼間から杯を持つと云ふ事は決してしない。摂生してゐるのでなく、飲みたくないから飲まないと云つたのに対し、大医はその程度の量で、しかも一日に一度だけしか召し上がらないと云ふのであつたら、お酒の為の害悪と云ふ事は考へられない。明日お飲みになる迄に、前の日の分は体内で片づいてしまふ。蓄積する事がなければ、中毒は起こらないと云つた。

大医の診察を受けた後で、お酒が一層うまくなつた様である。

二三日後に、大医が院長である所の病院に出頭し、心電図エレクトロ・カルヂオグラムを撮つて貰つた。その所見がどうであつたかと云ふ事も、私の知つた事ではない。さう云ふ物はお医者の判断に資するのが目的であつて、つまりお医者の利益の為の物である。お医者の利益が患者の利益になる順序は勿論だが、一足飛びに患者の利益にはならない。だから私の知つた事ではない。

私はさう思つてゐるけれども、或は読者の中に心配性な人がゐて、少しくわけを知つてゐて、心電図の結果を案じてくれると気の毒である。異常なく、心配な所見は出てゐないさうである。私は心電図を撮つた後、又一層お酒の味がよくなつてゐる。

主治医の勧めに従ひ、しろと云はれた事をして済まして、気がらくになつた様である。結滞暦四十日を過ぎる頃から、取り立てて云ふ程ではないが、少しくらくになりかかつてゐるのではないかと思ひ出した。

その時分、十一月の十日過ぎに、法政大学関係の会合に出なければならない事になつた。随分前から頼まれてゐたのを、病中の為延ばして貰つたのだが、その席に同座する筈の一人が、予定の出張の期日が迫つて、不日立たなければならない。会合をその前にしたいと云ふので、私の病勢も十日二十日前程ではない様だから、そちらの都合に順応する事にした。

座に著いた時は、矢張りいけなかつたが、例の通りお酒の玉帚《たまはうき》で胸の中のいやなものを払ひのけ、用件を済まして、後はくつろいだお酒を続けてゐると、お酌に出た女中の一人が私の郷里の出身だと云ふ。それに釣られて子供の時に歌つたお祭の歌を歌つて聞かせたりしてゐる内に、すつかり酔ひが廻つたらしい。二度目に手洗ひに起つた時だと思ふ。備へつけの、鼻緒のない下駄の上に乗らうとして蹈みそこねた拍子に、後へ足が辷り、蹈み締めようとする足許の板敷がつるつるに磨いてあるので止まりがつかなくて顚倒したのだらうと思ふ。一瞬の事でよく解らなかつたが、鏡の様な板場の上に、すつてんころりと仰向けに倒れた。

幸ひ柱の角なぞに頭をぶつけもせず、背中で倒れて板敷にも頭は触れなかつた。手足を捻ぢつた所もない。大体酔つ払ひは赤ん坊と同じ事で、倒れる時に無理をしないから、倒れるにまかせて倒れるから、つまり無心であるから怪我をしない。すぐに起き上がつて更めて用を達し、済ました顔で座に帰つた。

座を外してゐたお神が戻つて来て、今、下の帳場にゐたら、上で大変な物音がいたしましたが、どなた様かどうかなさいましたか、と云つた。

僕だよ、と云つたきりで、醜態を紹介する事はよした。

翌くる日になつて、その件を考へるに、矢つ張りあぶなかつた。あの勢ひで頭を柱にでもぶつけてゐたら、どうなつたか解らない。しかしそれは仮定の上の心配であり、済んだ事である。それより、あれ丈の衝撃を身体に与へたと云ふ事に意味がありさうな気がし出した。計画して出来る事ではない。偶然のお蔭で、あの時の物音は、衰へ掛けてゐる結滞に終止符を打つ響きだつたと云ふ事にならないか知ら。

さう思つて、さうである様に念じたが、どうもさうは行かないらしい。逆戻りをした風はなく、悪くはない様だが、まだ残つてゐる。結滞部隊が遠ざかりつつある事は疑ひないけれど、まだ後詰《ごづ》めの足音が聞こえる。

それから一週間許り後に、鉄道文化の会と云ふのがあつた。恐ろしく無意味な会合で、何の傾向も目標もない。ありさうな事を初めの内は云つてゐたけれど、それは看板に過ぎず、実のところはなんにもない。だからいつでも非常に面白い。私はその会の顧問である。顧問の病中、会合を延ばしてゐたが、少し良ささうだと聞いて、やると云ふから出掛けて行つた。

早くお酒を飲まないと、胸の中が苦しくて堪らないと云ふ程ではない。西洋料理の席なので、いつでも杯が大きい。だから私は家のから常用金襴手《きんらんで》の小杯をポケットに入れて持つて行つた。お酒に対して、その位落ちついてゐられる程、私の容態はよろしい。

大博士の大医に褒められた程あつて、私のお酒の行儀はいいつもりである。ところが小杯と雖も、いつ迄も数を重ねてゐればおんなじ事であつて、何しろその席が面白いものだから、仕舞ひ頃は何が何だか解らなくなつてしまつた。

同席の大変えらい紳士達、並びにまだちつとも偉くない紳士達と共に繰り出して、燕燕訓ノ二に書いた銀座のバアへ行き、更に鋒《ほこ》を転じて虎ノ門の美人が白雲の如く棚引く店へ繰り込んだ。

初めの会合に意味がないのはいいとして、その後のあまりに馬鹿馬鹿しい事を縷説すれば、君子の顰蹙《ひんしゆく》を買ふであらう。だからよしてお仕舞にする。なほ幾人かが一緒について私の家まで来た。ついて来たのでなく、送つてやつたのだと云ふかも知れない。どつちだつて構はないが、中に白雲のかけらが二人ゐた。もう一度飲み直して、その挙げ句、淑女並びに紳士達が引き上げた後、くたくたになつて寝たのは、朝の五時少し前であつた。

さて翌日になつて思ふ。昨夜も酔つた頭でさう思つたのだが、多分これでこの秋の結滞は済んだらう。

その日が過ぎ、意想外の疲労が取れて見ると、もう何ともない。矢つ張りさうであつた。長い長い結滞がやつとなほつた。手洗ひ場のつるつるした板敷で顛倒した外的、外科的衝撃は利き目が十分でなかつた。今度のお酒の飲み過ぎによる内的、内科的衝撃で埒があいた。元来結滞は内科的疾患である。

しかし、その後まだ何日かは、後戻りを警戒したが、何事もなかつた。十二月の二日の日記に、発病以来六十日で全快を記入した。

なほつた後に妙な事が残つてゐる。一寸した葉書を書いても書き違へる。字が抜けるのである。段段解つたところでは、抜けると云ふのは、その次の字が先に出て来るのであつて、三字続きの仮名を書く時によく解る。「ちぎれ雲」と書かうとすると、「ちれれ雲」になつてゐる。それから濁り点をその仮名に打つのが六づかしい。「ちぎれ雲」は「ぢきれ雲」になつてしまふ。

以前にもこの経験はある。主治医が経過の後半を過ぎてから用ゐ出したブロウム・カリの仕業《しわざ》である。主治医はこの薬をもつと早くから使ひたかつたけれど、私の仕事に影響するのを慮《おもんぱか》つて延ばしてゐられたさうである。

今度の結滞には、勿論いろんな薬を投ぜられたが、中には中中手に入らない貴重薬もあつて、主治医はそれを探しに本郷の薬局まで出掛けて下さつたりした。注射も幾通りも受けたが、結局どれが利いたのか、そんな事は例に依つて私には解らない。ただなほり際に連続して飲んでゐたブロウム・カリが、利いて来たと思ふ頃になほつたと云ふだけの話である。

利いて来たと思つたと云ふのは、右に云つた様に字を書き違へるだけでなく、物事を考へて、聯想の寸法が常よりはずつと短かくなつてゐる事を自覚する。ブロウム・カリは要するに、人を阿房にする薬なのであらう。

ブロウム・カリが利いて来て、執拗《しつえう》な結滞がなほつたと云ふ事を考へる。馬鹿になつたら、発作が治まつた。すると、その前はどうであつたのか。私が人並はづれて利口過ぎたから病気になつたのではないかと云ふ疑ひがある。どうもさうらしい気がする。ブロウム・カリがまだ残つてゐるから、そんな事を考へるのだと云ふ人があるかも知れない。

しかし、なほつた、なほつたと云つても、本当はなほつたのでないと云ふ事を覚悟してゐる。軌道の解らない彗星の様なもので、発作が一先づどこかへ行つたと云ふに過ぎないだらう。いつ又帰つて来るか解らない。持病と云ふものは、何でもさうなのではないかと思ふ。生きてゐればきつと帰つて来る。生きてゐなかつたら、帰つて来ても病気の居所がない。生きてゐるから病気になり、生きてゐるから病気の味が解る。病気は生きてゐるしるしの様なものである。

——燕燕訓ノ五——

病歴

上

昔、郷里の中学校の生徒だつた時、市を貫流する京橋川の川縁にある歯科医の二階の、畳の上に据ゑた椅子に靠れて齲歯《むしば》の治療を受けた。いろんな道具を出して来て、がりがり、ごりごりやつて、いつ迄経つても済まない。薄目を開けて見てゐた京橋川の水の色が、急に黄いろくなつたと思ふと、川の面がずんずん上の方へ上がつて来だした。

歯科医が手をやめて、どうかしたかと聞いた。軽い脳貧血を起こしたらしい。顔の色でも変つたのだらう。何か飲ましてくれたか、どうか覚えてゐないが、第一の手当は、がりがりを止めた事だらう。

その後で、もう一度その歯科へ出なほして行く気はしなかつた。その為に齲歯がどうなつたと云ふ記憶はない。

近年になつて、日本郵船の囑託をしてゐた当時、郵船の船で臺湾へ行つて見ようと思つた。郵船の船には世界に名高い御馳走がある。私は上の歯が一本ぶらぶらしてゐた。別に悪くはないけれど、物を嚙むには邪魔になる。折角の御馳走を、ただ見るだけではつまらないから歯科医へ行つた。

ちつとも手入れがしていない、ひどい歯並みなので、その道の人が見たらむずむずするに違ひない。人の口の中を覗いて、目移りがして、あつちもこつちも直したくなられては困るから、最初にその事はことわつた。ただこの一本だけ、ぶらぶらしてゐるのを抜いて下さいと頼んだ。

更に私は、痛いだらうかと尋ねた。あまり痛くない様にすると云ふ。是非さう願ひたいので、痛かつたら脳貧血を起こしますよと宣言した。済んだ後では痛かつたけれど、その場はお蔭で痛くなかつた。だからそこいらが黄いろに見えたり、物が上がつたり下がつたりしなくて無事であつた。

臺湾航路の船は神戸から出るので、汽車で立つて途中大阪へ寄つた。大阪に歯科医の親戚がゐる。私の歯を見て、抜いて貰つた筈の歯は根がすつかり残つてゐると云つた。ぶらぶらしてゐた先の方だけ取つたのだらう。根元を抜く手間を掛けて、脳貧血を起こされては面倒だと思つたかも知れない。道理であまり痛くなかつた。しかし、後で痛かつたのはをかしい。或は気の所為だつたのか、よく解らない。

今度は又もとへ戻るが、郷里で高等学校を終つて、東京の大学生になつた。本郷森川町の蓋平館別荘と云ふ下宿屋にゐた当時、夕方手紙を書いて、それを入れに正門前の宮前にある道ばたのポストまで行つた。もう足許は暗くなつてゐたが、いつも通る道で、勝手は知つてゐる筈なのに、どうした機みか、ポストのわきの水の流れてゐない浅い溝に足を踏み込み、その拍子に手を突いて倒れた。茶椀のかけらか何かがあつたと見えて、右の薬指に一寸した怪我をした。

大した事はないと思つたが、血が止まらない。すぐそばにある大きな薬局へ行つて、血止めの手当てをして貰つた。大分血が出る。店先の腰掛けに腰を掛けてゐると、広い店の中全体がぐらぐら動き出した。

あの辺りはどこの店でも学生を大事にする。すぐ奥の間へ寝かして丸窓の縁に足を乗せ、頭を低くしておいて、葡萄酒を飲ましてくれたが、その時分から私は薬局方の生葡萄酒が大好きだつたので大変うまくて、ぢきになほつた。

下

戦争の気配で、銘銘の思ふ事が通らなくなり、身辺が物騒である。成る可く月給取りの顔をしてゐようと思つた。文士に見立てられて呼び出しを受け、南京へ行け、爪哇《ジヤワ》へ行けなぞと云はれては困る。

さうなる前から日本郵船の嘱託をしてゐた。初めは全くのところ三顧の礼を以つて迎へられたのだが、その内に時勢が変り、人の配置に就いての統制も厳しくなつて私なぞに用はなくなつた。その事は私にもよく解つてゐたが、敢て申し出て無給の嘱託と云ふ名目で会社にゐさして貰つた。風来坊がどこにも行つてゐなければ、文士らしく見える。その用心で郵船に止まつた。

それから年が経つて、随分我儘を云つたものだと申し訳なく思ふが、無給では困る様になつたから、又願ひ出てもとの通り有給にして貰つた。郵船の月給取りである外に、放送協会と交通公社でも、嘱託の名目で粟を食んだ。なんにも仕事はなかつたけれど、しかし、うそ偽りのない月給取りであつた。

恐ろしく物騒な春の三月二十三日、うららかな午後の春光を浴びて、私は郵船から同じ丸ノ内にある交通公社へ月給を貰ひに行つた。階段を登り、二階のその係の部屋で袋を請取つてドアの外へ出ると、目の先がぐらぐらして、足許がふらつき、真直ぐに歩けない。階段の手すりにつかまり、やつと下まで降りたら、もつとひどくなつた。到底外へは出られないから、階下の大勢人がゐる部屋に這入つて、電話で郵船の私の部屋にまだゐる筈の店童にすぐ来てくれと云はうと思つたが、目先がぐらついて中中思ふ様に行かない。

後後まで恨みに思つたのは、そのすぐ傍に、紹介されて顔は見知つてゐる係長だか課長だかがゐるのに、丸で知らん顔で、どうしたとも云つてくれない。恐らく私は普通でない顔色をしてゐたと思ふけれど、人の不親切を取り立てる事は出来ないから、それは止むを得ない。やつと電話が通じて、店童が馳けつけてくれた。朴歯の下駄の歯をアスファルトの道に踏み鳴らして近づいて来る音を聞き、ほつとした。その肩につかまり、秘書が総裁の自動車を出してくれたのに乗つて、走り出したら店童が腰にぶら下げてゐた手拭の中にげろを吐いた。

戦争がすんで、世の中がもとに戻りかけたが、まだお酒は不自由で、自動車の数も少い。新聞社の座談会によばれた。お酒は十分用意してありますと云ふ挨拶であつた。林芙美子さんが肩を入れてゐるとか、出資してゐるとか云ふ話の築地の小さな料理屋へ自動車で送られて行つた。

どう云ふいきさつであつたか、私の外にもう一人来る筈になつてゐたお客様が不参で、私一人が上座に納まり、編輯の諸君を相手に駄弁を弄して、みんなのお酌を一手に受けたから、その時分では珍らしい御機嫌になつた。

来る時は自動車であつたが、帰りは、どうもお忙しい所をと云はれただけで、少少酔つ払つた足許がふらふらした。表は寒い晩でしんしんと冷え込んだ。

尾張町の安全地帯で電車を待つた。蝙蝠傘を突いてゐたが、何の前触れもなく、ばたりと前に倒れた。すぐに気がついた様で、自分で起き上がり、顔を撫でると血が流れてゐるらしい。眼鏡がこはれてゐた。

自動車で帰らうと思ひなほし、少し歩いたらタクシイが来たから呼び止めたけれど、行つてしまつた。それ程とは思はなかつた私の顔が血だらけだつたので、向うで敬遠したのだらう。

そんな顔で澄まして省線電車に乗つて帰つた。

主治医は脳貧血と診断した。

私思ふに、過不足と云ふ事から云へば、いけないのは脳溢血も脳貧血も同じ事である。

歯科医の椅子の脳貧血以来、段段ひどい事になつた。尤もその間には何十年の歳月が流れてゐる。

尾張町以来、決して一人ではどこへも行かない事にした。

黒リボン

その内いつか私は死ぬだらう。死ねばお葬ひをしてくれるだらう。告別式と云ふ順序があつて人がやつて来る。その人人に見せる為に生前の写真を掲げる。急いで引伸しをさせ、額縁に入れて黒いリボンを掛ける。あれが気に入らない。死んだ後まで我儘を通して、人を指し図するのはよくないと思ふけれど、写真を飾るのは止めて貰はうと思ふ。今日この頃の思ひつきではなく、はつきりしないが大体二十年よりもつと前からさう思つてゐる。そんな昔からもう死ぬつもりでゐたかと云はれれば、それは勿論さうで、だれだつて明日の日はわからない。そのわからない明日が今日になり昨日になり、それが積み重なつて十年になり二十年になり、今日に及んでゐる。

二十何年前にだれかの告別式でつくづくさう思つたのだらう。自分はあんなをかしな真似はしたくない。気取つた様子でえらさうな顔をして会葬者を見下ろしてゐる。焼香しながら仰ぎ見る写真の顔につながつた聯想と、前に立ててある白木のお位牌ををがむその場の気持とは大分違ふ。この人がかうなつたのか。成る程生前はこんな顔であつたと云ふ事を思はせる為のお手伝ひなら、そんな物はいらない。

写真を見なければ思ひ出せない、実感が伴なはないと云ふ様な人には来て貰はなくてもいいから、写真は飾らない事、遺志に反してさう云ふ事をしてはならぬと云ふ旨を近親は勿論、懇意な友人にも話してある。二十年も前から折に触れてさう云つてゐるのだから、私のお葬ひに写真は出さないだらう。若し掲げたら化けて出てやるつもりである。

告別式の式場に飾るだけでなく、後で金文字を入れて仏壇にをさめるお位牌の上部に、小さな写真を焼きつける技術が発達して、大分流行した事がある。随分古い昔の話だが、もう今どきそんな事をする家はないだらう。墓場の石塔にも写真を入れた家があつた。何事もはやり出せば止めどがない。

お葬ひの話でなく、まだ生きてゐても、いらない所へ無闇に顔の写真を出される。もともと顔は人が見る為の物であつて、自分では見せるつもりでそつちへ向けてゐるわけではないが、自然さう云ふ結果になるのだから、それはそれでいいけれど、その顔を写真に取つて、しまつておいて、本の広告なぞに使ふ。

本と云つても私が気にするのは文学書であつて、外の分野の事はよく知らないが、この頃は新刊書の広告は大概その作者の写真を載せてゐる。どんな顔をしてゐようと構はないだらうと思ふけれど、さうではない所もあるのか知ら。雑誌の巻末の折込み広告にその本屋の新刊数種を列べて載せ、一点づつに一箇の顔を添へてずらずらと陳列した。変な顔、をかしな顔と云ふものは矢張り広告には役立つ様でもある。

私もこの連載を続けてゐる間に新らしい本が二種出来た。ついては広告に使ふから写真をよこせと云ふ。探すのも面倒であるし、探してもろくなのはない。去年の夏あんまり暑いので一月以上ひげも剃らなかつた時の写真があつたから、それを使つてくれと云つた。気ちがひが風を引いた様な様子であるけれど構はない事にした。或る週刊誌からその本の紹介をしてやるが、編輯部にある写真は古いから写させろと云つて来た。顔はあいてゐるけれど、その打合せに応ずるのが面倒だからことわつて、古いので済ましてくれと頼んだ。尤も余り古いのが出て来ると、髭をおつぱやかした暴力団の様なのもある。

目

一　他人の目で見る

私の家にはラヂオがない位だから、勿論テレビはない。しかし近所には方方の家にある。随分急速に普及したものだと思ふ。すぐ近くに高い塔が立つてゐる。全く天を摩する様で、下から見上げて、目がくらくらする。倒れて来たとしても、その先が私の家までは届かないだらうと思ふ位の距離で、だから塔の鳴る音は私の所までは聞こえないが、もつと近くの家では、少し風のある日は塔が唸るので気味が悪いさうである。さう云ふ日には、下から見ると塔がゆさゆさ揺れてゐると云ふ。あぶない様だがその方が安全なのださうで、ちつとも揺れない様だつたら、非常に強い風の時、折れる危険があるのだと云ふ。

その塔のもう少し先に、同じく私共の近所から見える所に、もう一本別のが立つてゐる。そんなに食つつけて、二本も建てなくてもよかつたのではないかと云ふ議論があつた様だが、私にはわからない。テレビが見たくはないけれど、高い塔は雷よけにはなるだらう。

数年前、今にテレギジヨンと云ふ物が普及するだらうと云ふ話のあつた当時、盲宮城撿校がかう云ふ事を云つた。

そんな物が出来れば、私共盲人はまた一歩後退する事になる。今のラヂオに関する限り、私共は何等晴眼者流に劣る所はない。相撲を聴いても芝居の中継を聴いても、野球でも街頭録音でも、ラヂオの前にゐて、目はいらない。

テレギジヨンなどと云ふ物が出来ては私共は迷惑する。折角ラヂオで目あきと同列になつてゐたのに、又後へさがらなければならない。

御尤もな話だと思つて聞いたが、それからすでに何年も経つた。ついこなひだ宮城さんと会食する機会があつて、その席で宮城さんは頻りにテレビの話しをし、内田さんの所には取つてゐないのでせう。あんな面白い物はないではないかと云ふ。

私はめんくらつて、一寸待つて下さい。そんなをかしい話しはない。現にあなたは先年、ラヂオだけで沢山だ、テレギジヨンなどと云ふ物が出来たら自分達は後退しなければならないと云つたぢやありませんか。今のテレビが、どうして面白いのです。

宮城さんの返事は簡単で、テレビがうちにあれば家の者がみんなで見るから、その話しを聞いて十分に楽しむ事が出来る。二三日前には天然色のテレビで世界中の名所めぐりをしました。かねがね名前だけ聞いてゐる諸方の国の名勝を訪ねて、次から次へと景色が変り、それをみんなで話し合ふのを聞いて実に面白かつた。自分で行つて見た様な気がしました。あなたもテレビをおつけなさい。

「これは驚いた。あなたは人の目で物を見るのですね」

「それで結構間に合ひます」

撿校が外出する時、手を引いてお供をするお弟子のお嬢さんがあつて、一緒に歩きながら、或に電車の窓から、あつ、鴉が飛んだ。電線に雀が列んでとまつた。交叉点をわい屋の車が越した、と云ふ様な事を次ぎ次ぎに口走るので、それはその娘さんの癖なのか、癖で黙つてゐられないのか、或は先生に知らせる為に克明に報告するのか、どつちだか知らないが、宮城さんは御自分の目に依らないで、十分に町の風物に触れる事が出来る。

旅行の途中、近江の瀬田の辺りを過ぎる時、同車したそのお嬢さんが、あつ、雨が降つて来ました。黒い牛が濡れてゐます。暫らくしてから、大きな虹が向うの山へ懸かりましたと云つたのを、後で宮城さんが御自分で綴つた名文がある。

二　目の届く範囲

戦争中、戦傷で失明した人達のゐる所へ、講演を頼まれて宮城撿校が出掛けて行つた。宮城さんはもともと講演が好きで、正式の改まつた演奏会でなければ、前に琴を置いて話しを始めたりする。

先年仙台の東北大学から、私は講演を頼まれ、宮城さんは演奏を頼まれて、一緒に出掛けた事がある。しかし私は自分の講演なぞどうでもいい事にして、宮城さんの琴を借りて、学生達に私の琴を聴かしてやらうと云ふ下心があつた。宮城さんの方ではまた頼まれた演奏は兎も角として、その機会に学生達に一席話しをしようと云ふ考へがあつたらしい。

結局二人共こつちの思つた通りを実行したが、宮城さんの場合はその講堂に一ぱいに詰まつてゐる千人余りの学生を前にして、演奏に掛かる前に琴を横たへた儘、坐つた姿勢で講演を始めてしまつた。

さう云ふ事が好きなのだから、くつろいだ気持になれば、そつちの方の話しがはずむ。戦前から戦時中に掛けて、宮城さんがどこどこへ行つたか一一知つてゐるわけではないが、随分頼まれて出掛けた様である。しかし宮城さんの方では話しをしに行くつもりでも、先方は宮城さんが来るとなれば演奏を聴かなければをさまらないだらう。それで大概さう云ふ時は講演と演奏と両方をお願ひすると云ふ事にして持ち込んだ様である。

失明軍人の所へ出掛けた時は、どう云ふ風な依頼を受けたのか知らないが、又私はその席にゐたわけではなく、後で筆記を読んで知つたのだが、宮城さんは新しく目くらになつた人人に向かつて、かう云つた。

皆さんは御不自由な事でありませう。お察しする。しかし物は考へ様で、気の持ち様で、それ程くさくさなさる程の事でもない。私は子供の時に失明して、それで一生の大半を過ごして来たが、不自由でない事はないけれど、そもそも目が見えたにしたところで、目で見る範囲は知れたもので、さうどこ迄も見えるわけではないし、又手近かの物なら何でも見えると云ふのでもない。少し遠ければ見えない。間に何か遮る物があればもう見えない。暗ければ見えない。見えたに越した事はないが、見えなくても大した事ではありませんよ。

宮城さんはさう云つて失明の傷痍軍人を慰めた。もし目あきの私共が出掛けて行つてそんな事を云つたら、聞く方で腹を立てるかも知れないが、云ふ人がその不自由に堪へてゐる先輩なので、聞いて耳に逆らふ事もなかつたであらう。

撿校は人の目でテレビを見たり、車窓の通り雨や虹を眺めたり、見えたところで大した事はないと観じたりする。幸ひにして私は目が見える。撿校の云ふ通り、見えたつて大した事はないかも知れないが、見えないよりはいいだらう。もうお歳の加減で大分古くなつてゐるから、自慢する程の目ではないが、しかしまだ老眼鏡は掛けてゐない。掛けた方がいいと思ふ事もあるけれど、検眼に行くのが面倒なので、ついその儘にしてゐるが、まだ新聞を読み、字引を見るには事を欠かない。

たまに外へ出る時は近眼鏡を掛ける。以前のをその儘使つてゐるので、度が狂つてゐるに違ひないが、向うにゐる人がどつちへ歩いてゐるかを判定したり、タクシーの窓から漠然と町の様子を眺めたりするには事が足りる。

歯

一　頼朝公の御像

目の話をしたから、歯の事や頭の毛に及ばう。

私は頭は禿げてゐない。禿げるたちではなささうである。白髪はあるけれどそれ程ひどくはない。中中真白にはならない様に思はれる。

しかし、ある事はあるので、ただそれが目立たないだけの話である。髪を分けてゐるが、分け目は大体黒い。その黒い髪でおほはれてゐる下の方は白いけれど、人の目にはつかない。ふだん行きつけの床屋が休んでゐたので別の床屋へ行つたら、若い職人が、旦那の分け目はもつとこつちにした方がよろしい様ですと云つて、いつもと違つた所に櫛目を入れた。向うの鏡にうつつてゐる頭を見たら、見馴れない白髪頭なので、そんな所から分けては駄目だよと云つて、もとの通りにさせた。

いつもの分け目なら黒いのはなぜだらうと思ふ。そこの髪の毛が空気に触れ、風に当たり、又櫛で梳く時の刺戟でその部分だけが毛髪衛生に叶つてゐるから白髪にならないと云ふわけかも知れない。

若い頃、初めて髪を分けようとした時の苦心を思ひ出す。毛がこはいのでコスメチツクを壁の様に塗りつけても跳ね返り、分け目が通らない。髪の毛に癖をつけるのが第一だと人から教はり、夜寝る時は分け目を上から手拭で押さへ、鉢巻きをしてその手拭の縁を引き締めた。苦心の甲斐ありて何十年後の今日、ちやんと分かれてゐる。

間で五分刈り、ではなく一厘刈りの丸坊主になつた事もある。さうして短かく刈つても、その短かい毛が今まで分けてゐた溝の両側でちやんと左右に傾いて生えてゐるのを見て感心した。髪を分けると云ふのは、髪の根もとから傾斜させなければならないのだと云ふ事を知つた。

若い時からの分け目が、その筋にだけ風を通してこの歳になつた。頭は禿げないと云つたが、禿げる風はないが、ただその分け筋の溝が馬鹿に広くなり、さうして地がてらてらしてゐる。禿げが筋になつて現出しようとする様でもある。

この頃の世間の風潮で、口髭を生やすのはをかしい様だから、私も生やしてはゐないが、今までの長い間に何度も立てたり落としたりした。かうして原稿用紙に向かつて文を案じながら、行き詰まつて頻りに口髭を引つ張つたのを思ひ出す。本稿の初めの所に記した日本郵船の嘱託の当時、私は口髭を生やしてゐた。髭を生やしてゐる時は頭は一厘刈りである。しかしもうその時分から口髭ははやらなくなつてゐた様で、時代遅れの口髭をおつぱやかした丸坊主の大入道が、最初の挨拶の時は山高帽子にフロックコートでやつて来たので、ああ云ふハイカラな会社だから、随分驚いたと云ふ話を後になつて聞かされた。

門司の郵便局の筆の軸が濡れてゐた時の臺湾旅行中に髪を伸ばして、つまり臺湾へ坊主頭を置き土産にして、帰つてから髪を分け、同時に口髭を落とした。それが今日まで続いてゐる。

私の郵船時代よりもつと前は、口髭を生やすのは珍らしくなかつたし、それよりまだ溯れば私の学生時分は若い者が髭を立てるのがはやつた。私は明治四十三年に初めて東京へ出て、大学生になり、その翌年、四辺の風潮にかぶれて口髭を生やした。残念な事に私の鼻の下から脣に到る間の凹んだ筋、いはゆる人中《じんちゆう》には毛がなかつた。だから折角の小さな口髭が左右に二つに別かれて、頼朝公の御像の様だとか、朝鮮の皇帝陛下に似てゐるとか云はれた。

二　髭の帰省

暑中休暇になつたので、新らしい髭を生やして郷里の岡山へ帰つた。祖母が私の顔を見て、非常に驚き、まあこの子は口髭を生やして、そのざまは何だと云つた。

生家は代代の商家で、今迄に口髭を生やした者はだれもゐない。私の家だけでなく、近所にも口髭なぞ生やした者はゐなかつた。ただ一人、土橋の袂の派出所の巡査が、黒くて太い髭をぴんと跳ねかしてゐるだけで、それが町内受持の有名なこはい巡査であつた。

髭を生やすのは巡査か官員様ぐらゐなものと祖母が考へてゐるところへ、一人で東京へ出すのをさへ心許なく思つた孫の私が、子供の癖に口髭を生やして帰つて来たから祖母は落ちつかない。

そんな物は剃つてしまへと云ふ。

私がいやだと云ふと、そんなら昼寝をしてゐる内に、鋏で切つてやると云つた。しかし帰省中、切られもしないで、秋には無事にその髭で東京へ帰つて来た。その時の髭をいつ頃まで蓄へてゐたか、それは覚えてゐないが、若い間に何度も立てたり落としたりした。

髭を生やす時は、段段に鼻の下がもじやもじやして来て、次第に黒くなり、一人前の髭になるのだから、経過が舒慢で、いつも顔を合はしてゐる人を驚かす事はないが、剃り落とした時は、人がびつくりする。忽然顔の相が変り、見る方がめんくらつてしまふ。

私は髭を生やして陸軍教授をしてゐた時、何十人かの士官候補生を前にして、毎日威厳を保つてゐた。或る時、何を感じたのか忘れたが、その髭を剃り落としてしまつた。髭を落とした顔がをかしい事は承知してゐるけれど、鏡を離せば自分の顔は見えないから、平気で出掛けていつもの通り講堂に入り、教壇に近づいた。生徒全員が起立して私を迎へる。教壇に立つて彼等に向かひ、掛けろと云はうと思ふ間に、向かひ合つた生徒全体が何だか一つの塊まりになり、その塊まりがぷうとふくらんで来る様に思はれた途端、一時に破裂してみんなが同時にぷつと吹き出した。

　軍人たる者が、直立不動の姿勢で笑つてはいかん。況んや教官の顔を見て、顔がをかしいからと云ふので吹き出すなぞ言語道断であるが、急に私の髭が無くなつてゐるので、今日の事は止むを得ないだらうと私の方で考へた。

　今は私は髭を生やしてゐないが、その内又生やすかも知れない。あんな物を鼻の下に蓄へて、どうするのだと云ふ事になると説明しにくいが、自分の畑で生やしたり刈り取つたり、人に迷惑になる事でないから、こちらの勝手である。

　しかしさうではないかも知れない。顔と云ふ物は人から見る様に出来てゐるので、その上でいろんな細工をしたり様子を変へたりするのは、不都合であるかも知れない。自分の顔であつても人の方に向いてゐる以上、人の見る目を無視するわけには行かない様でもある。

　だから伸ばす時は、伸ばす様にして伸ばす。さうして髭が出来上がつたら頭の毛を切つて丸坊主になるつもりである。髪の毛を伸ばしてゐるのも、もう永年にわたるので、少しうるさく面倒臭くなり掛けてゐる。

　それは若しさうするとしても先の話で、今は普通に人並みに髪を分けてゐる。白髪はあつても目立たず、禿げてもゐない。それでお愛想のつもりか、或は観察不十分の為か、私をお若いと云ふ者がある。その然らざる所以を説いて、蒙を啓かなければならない。

三　ビルの歯科医

目は人並みに見えるし、鼻はにほひ耳は聞こえる。しかしながら口ぢゆうに歯が八本しかない。それが上下に別かれて、憐れな姿で残つてゐる。

歯と云ふ物は、ただ一本一本生えてゐるだけでは何にもならない。上と下がうまく合はなければ用をなさない。私の歯は口の中に抜け残つてゐるだけで、上下別別の所に散らばつてゐるから、何の役にも立たない。邪魔になるばかりで、丸つきりない方が余つ程ましである。歯がなかつたら歯茎で物が食へるだらう。甘木君の老母は歯が一本も無くなつてから、歯茎でビフテキを嚙み切り、雲丹《うに》豆をかじつた。

私と云へども、もとからさうではなかつたので、段段に使ひ古したから無くなつたのである。ただその後の処置をするのがいやなので、人からすすめられても決して入れ歯をしないと云ふ方針を守つてゐるから、抜けて無くなれば、それつきりと云ふ事になる。

いつ頃から歯の数が減り出したか、はつきりした事はわからないが、今手近かに思ひ出す最初は、門司の郵便局の筆の軸の時、臺湾へ出掛けるについて、歯を一本抜いて貰つた。

出掛ける話がきまつた時、上の歯が一本ぶらぶらしてゐた。別に痛むわけではなかつたが、その一本だけが長くなつて、嚙み合はす前に下の歯にぶつかる。郵船の船で臺湾へ渡る途中の航海には、世界的に有名な郵船の御馳走が出る。私は御馳走が好きで、御馳走その物よりも御馳走を食べると思ふ事が好きなので、前前から楽しみにした。

それにはぶらぶらしてゐる一本の歯が邪魔になる。その一本の為にうまく口を嚙み合はせる事が出来ない。私は臆病で歯医者へ行つて歯を抜くのはいやである。昔まだ岡山にゐる時歯医者の所で歯をいぢられてゐて、脳貧血を起こした事がある。その記憶もあるし、歯科医へ行くのは気が進まないが、このぶらぶらした歯を口にふくんだ儘で郵船の船に乗り込むのも考へ物である。御馳走の為なら止むを得ないだらうと観念して、その歯を抜いて貰ふ事に決心した。それさへ取り除けば、まだその外の歯はちやんとしてゐるのだから、抜きつ放しで後に問題はない。

郵船会社の私の部屋の前に、廊下を隔てて、郵船ビルの部屋借りをしてゐる歯科医があつた。恐ろしく高いと云ふ評判で、いつぞや社長が一本どうとかさせたら、目玉の飛び出る様な、治療代を取られたと云ふ話を聞いた。しかし私のはただ抜いて貰ふだけである。何程の事やあらんと思ひ、又高いと云ふ評判で通つてゐる位なら、きつと上手で親切だらうとも思つた。

その部屋へ這入つて、先づ私は念を押した。決して痛くしてくれては困る。痛かつたら脳貧血を起こすと云つた。

どうも先生ではなかつたらしい。代診と云ふのか、助手と云ふのか知らないが、まだ中年と云ふ程にもならないのが、そのぶらぶらした歯を抜いた。歯茎に何だか注射して、それから取り掛つたので、取り越し苦労で恐れた程痛くはなかつた。

後になつてもう暫らくすると、痛くなるかも知れないが、大した事はないでせうと云つた。脳貧血を起こされては厄介だから、あまり痛くない様にはしたが、帰つて後で痛くなつても、脳貧血を起こしても構つた事ではないと考へたのではないかと邪推した。

私の部屋に戻つて、少し経つと果してそこの所が、いやな気持に痛くなつて来た。

四　口腔外科

そのぶらぶらの歯を取り除いたので、口中の嚙み合はせがうまく行く様になり、船中の御馳走は十分に堪能した。

大阪に私のまたいとこの歯科医がゐた。その後で大阪へ行つた時、彼の家に寄り、序に歯を見せた。

彼は若い時東京に出て、私の家から水道橋の歯科の学校に通ひ、又その前によその歯科医院の技工をして年季を入れてゐたので、実地と学術の両方が揃つて資格を獲得し、目出度く大阪で開業する事になつた。

その準備で大阪へ帰つてゐたが、或る晩不意に東京へ出て来て、私に看板を書けと云ふ。何と書くのだ、歯科医院かと聞くと、そんなのは安つぽくてあかへん。口腔外科と書いてくれと云ふ。

歯医者と云はれるのを彼等はきらふ。況んやそのもう一つ前の歯抜きなどと云ふ名称を持ち出したら、腹を立てるだらう。私共の子供の時には、抽斗がいくつもある箱をさげた歯抜きのおやぢさんが表を通り、呼び込むのか、向うから立ち寄るのか知らないが、家の中にも這入つて来て抽斗を開けた。いろんな道具の中に必ず釘抜きがある。それを見るのもこはかつた。中腰に起つた両膝の間に患者を坐らせてその頤を股で挟み、口をあんと開けさして釘抜きで歯を抜く。

矢張り上手と下手があつたのは勿論で、上手な歯抜きに抜かせると痛くないと云ふ。非常にうまいのがゐて、その歯抜きは抽斗の中に釘抜きは持つてゐるけれど、殆んど使ふ事はない。股の間に人の顔を挟んだりもしない。向かひ合つて正坐し、奉書の紙をしごいたのを含ませて、痛い歯で嚙み合はせる様に命ずる。口から出てゐる奉書の端を、歯抜きがをがむ様に両手で挟み、更めてぽんぽんとかしに手を打つと、痛かつた歯がぽろりと抜けて取れると云ふ。子供の時その歯抜きが隣りの煎餅屋の店先で、手術を行つてゐるのを見た。しかしどう云ふ工合に歯が抜けたか、その肝心の所は見なかつた様である。

要するに、歯抜きなどと云つてはいけない。歯医者と云つてもいけない。歯科医ならいいかと思つたが、まだいけない。口腔外科だと云ふから、その通りに書いてやつた。

その看板の懸かつてゐる彼の家に寄つて、郵船ビルの歯科で抜いて貰つた歯の痕を見せた。何だ、これは抜けてない。根はすつかり残つてゐると云つた。

それではどうする。更めて抜いてくれるかと云つたが、まあ止めておかうと云ふ。私が仰山坊で痛い痛いと騒ぎ出すのを知つてるから、あらかじめ敬遠したのである。しかし郵船の歯科で抜いて貰つた後、部屋に帰つてから変な風に痛くはなつたが、後から考へて見ればそれ程でもなかつた。手術を上つつらだけで済まし、ぶらぶらして邪魔だから取つてくれと云つた事だけ叶へておいたので、私もあまり痛い目を見ず、先方も余計な手間を掛けずに切り上げたのは要領を得た処置だつたと云へるだらう。その根が残つてゐた為に、後になつてどんなわざをしたかと云ふ記憶はない。いつの間にか取れてしまつたか、今でもまだ残つてゐるのか、私にはわからない。

口腔外科の看板の当人はすでに死に、息子は父の業をつがなかつたので、その看板に用はなくなつたが、まだその家に保存してあると云ふ。

五　食卓鋏

歯は無くてもいいと云ふ風に云ひ張らうとしてゐる様だが、さうとばかりは云はれない点もある。食べ物を嚙む為なら、或は無くても済むだらう。甘木君の老母の様に、歯茎でビフテキを食ふ境涯も考へられない事はない。

しかし歯にはさう云ふ咀嚼作用ばかりでなく、その前に、口の中と外に跨がつた物を嚙み切り、適当に口の中にをさめると云ふ任務がある。歯がちやんとしてゐた当時は、そんな事を考へて見た事もなかつたが、この頃は西洋料理のナイフは便利な物だと思ひ出した。ついでにお膳の上に鋏があればなほいいと思ふ。お箸かフオークで肉片なり、筋のかたい野菜なりを持ち上げて、食卓鋏で適宜に切る。場合によつてはナイフよりは便利だらう。

口の内と外に互る物の処理には、すでに困つてゐる。その外に、歯は物をすり込むのに大変重要な役目をする。そんな事は自分でその困難にぶつかる迄考へた事もなかつた。

数年前、上の真正面の前歯がぶらぶらしてゐる時、奥羽を旅行して横手駅に降りた。駅のホームであの辺の自慢の蕎麦を食べさせる。郵船ビルの歯科で抜いて貰つたのは上の奥歯であつたから、そのあたりで物を嚙む事になり、邪魔になるのでほつてはおかれないと思つたが、奥羽旅行の時のは前歯であつたから、もともと前歯で咀嚼はしない。ぶらぶらしてゐて、ぶつかれば邪魔にならない事はないが、そうつと、だましだまし、その儘にしておいても御馳走を食べるに事は欠かないと思つた。

それですでに幾日も、ぶらぶらの儘で東北、奥羽を廻つて来たが、横手のホームの蕎麦の立ち食ひに際して初めてこれはいけないと思つた。蕎麦や饂飩をすすり込めば、必ず口の正面から這入つて行く。横の方からすすり込むと云ふ芸当は六づかしい。その通路にぶらぶらした歯が垂れ下がつてゐる。又勢ひがついて口中へ辷り込む物体には、相当なスピイドがついてゐる。それが入り口に垂れてゐる歯にぶつかる。痛くて堪らない。到底食べ続けられないから、汁だけ飲んであきらめた。

その歯がいつ抜けて無くなつたか忘れたが、今はそんな苦労はない。要するに無ければいいので、有るから痛かつたり、ぶらぶらしたり、有る時と無くなつてからとの境目でつらい目を見る。

先年来さう云ふ風に段段歯の数が減つて来て、残りすくなになつた。木の葉が落ちる様なもので仕方がない。しかし人はだれでもその後の処置をしてゐる。私も或る所まで来たら、矢張り歯科医の御厄介にならなければならぬかと考へた事もあつたが、その内に年が経ち、そんな事はどうでもいいと思ひ出した。仮りにそのつもりになつたとしても、私の明け暮れでは歯科医を訪れる時間なぞない。まあ成り行きにまかせる事にしよう。成り行きにまかせて、どうなるか解らないのではなく、まかせておけばどうなるかは解り切つてゐる。それでいい事にする。

そこでお膳の上に、あきらめなければならない物が出来て来る。大概のかたい物は食べてゐるが、どうも工合の悪いのは、なまこ、あはび、たこの類である。丸つ切り歯がなくなつてしまへば、或はまた味へるかも知れないが、今のところ口に入れて楽しくない。みんな好物ばかりで未練がない事もないけれど、また今度来てからの事にしよう。

早春の結滞

一月三日の御慶ノ会の後、十日頃から身体の調子が狂つて来た。大分前から昼と夜が顚倒して寝起きが乱れ、夕方暗くなつてから目をさまして今日のお天気はどうだつたか、家人に尋ねて見なければ解らない様な事になつてゐたが、さう云ふ事が原因になりその結果として宿痾の結滞が起こつて来たのか、或は結滞の前駆症状として昼夜顚倒が続いたのか、それは解らない。いづれにしても一たび起こつて来れば前前から馴染みの深い持病であつて、一旦さうなつた上は今までの経験により、急な事には治らないと云ふ覚悟をしなければならない。止むを得なければ止むを得ない。そもそも人に無病息災なぞと云ふ事がある筈はないので、先づ一病息災を念じて今襲つて来たこの持病の結滞に通り過ぎて貰ふ様にしなければならない。なほつてしまふ、全治すると云ふ事は望んではゐない。こちらの身体が続いてゐる限り、必ずまたいつかは戻つて来る。それまで何処かへ行つてくれればいいので、何処へ行くのか、帚星の軌道の様なもので解らないが、何しろ早く通り過ぎて貰ひたい。その為に医師に手当を願ひ自分でも心掛けて一寸した事にも気を配る。

一月十日前後にそのつもりになり、その覚悟はしたけれど、従来の経験では割りに早くなほつた事もあり、案外手間取る事もあつたが、今度はそれが実に蜿蜿《ゑんゑん》と続いて、いつ迄経つても通り過ぎてくれない。自分でもうなほつたと思ふ事が出来たのは発病の時から数へて五十日振りであつた。

初めの内はまだそれ程ひどくはなかつたが、段段に悪くなつて、五十日の最初の十日が経過した後は幾たびかの経験の中にも覚えがない程苦しくなつた。起き直つて寝床に坐つた拍子に結滞がひどくなり、成る可く自分では見脈しない様にしてゐるけれど、その時は多分半分以下に抜けてしまつたのだらうと思ふ。そこいらの物を何か取らうとしても手ががたがた慄へて持つ事が出来ない。鏡を取つて貰つて見ると、顔が青ざめ鼻筋が額から上脣に掛けて白くなつてゐる。手の平にも足の裏にも冷汗がにじみ出た。急いで主治医に電話を掛けた。すぐに行つてやると云ふ返事を聞いてから、熱いホツトヰスキーをいつもより多量に飲んで来診を待つた。ヰスキーで胸の中がひろがる様な気持になつたと思つたら、突然大きな欠伸が出て来た。欠伸が出ればその場は大丈夫である。主治医は今の電話を掛けなくとも後で来診される筈になつてゐる。だから今すぐにと云ふ電話のお願ひは、適時に出た欠伸の為に取り消した。

一体脈搏が結滞する、つまり心臓の活動がどうかなつてゐると云ふ患者が、ヰスキーを飲むなぞ飛んでもないと思ふ人があるかも知れないから、その蒙《もう》を啓《ひら》いておかなければならない。病勢のひどい時は寝てゐる間も結滞がある。それ程でなければ眠つてゐる内は無事で、目がさめ、起き直るとその途端にその日の結滞が始まる。発病してからそれ迄の昼夜顚倒は無くなつたが、目がさめるのは朝の事もあり、お午頃の事もあり、それはその日その日でわからないが、起きた拍子に結滞が始まるのは実につらい。なほつてしまはない迄も、何とかその場をらくにしたい。あまり我慢してゐると段段にひどく、苦しくなるのが解つてゐるから、さう云ふ時はその場の頓用として少量のヰスキー又はジンを飲む。又はお酒を強くした玉子酒、もつと利かせたい時は起きた目こすりに熱燗をふだんの杯でなく、葡萄酒のコップに注いでイクラ又はこのわたで少少廻るぐらゐに飲む。

病人の面をして、よろしくやつてゐると思はれては困る。さう云ふ風なお酒の飲み方を私は決して好まない。胸の中が苦しくなければそんな不行儀な真似はしたくない。

しかし胸の中を、場所もあらうに心臓を舞台にして、小さな悪魔が巫山戯《ふざけ》まはるにまかせておくわけには行かない。時ならぬ時にお酒を飲むのはいやだけれども、止むを得ないから飲む。すると必ず、間違ひなく利いてらくになる。アルコール分が血液に混じり血管がゆるむか広がるかしてその場の苦痛を和らげるのだらう。ただその効果が長くは続かない。その一時的の、或は局所的の酔ひがさめれば又もとの通りになる。さめたら又飲めばよからうと云つても、さうは行かない。第一飲みたくない。私は一日に一度しかお酒を飲まない習慣である。それを強ひて、飲みたくない物を又飲んでも役には立たない。さう云ふ目的で飲んだお酒にしろ、矢張り飲めば廻つて心地よい酔ひを誘はなければ意味はない。

病勢のひどかつた時は幾日もさう云ふ不行儀なお酒を飲んだ。その為に夕刻の定時のお酒に味がなくなつて、又お酒を飲むのかと思ふとゲエと云ひたくなる様な気がし出した。それは又別の関係で非常に困る結果になる。もともと私はふだんからきまつたお膳に向かふのは一日に一ぺんだけで、一食主義と云ふ程の窮屈な仕来りでもないが、晩のその一度のお膳はおいしく食べたい。ところが発病後そのお膳の物も余り進まなくなつて来たので、自然に少食ですませる。すると翌くる日起きた後、結滞がそれ程ひどくない日はどうもおなかの中が手薄な様で物足りない様で、つい何か食べて見たくなる。お粥、おじや、牛乳に麵麭、蕎麦の花巻、うちで造つたハムライス、いろいろ試たが全部いけない。その後で必ずひどい結滞が起こる。初めはさう云ふ物がおなかに這入つて、その容積で心臓部を押すからかも知れないと思つたので用心して、極く少量しか食べない事にしたが、さうして見ても矢張り同じで、後で間もなく苦しくなる事に変りはない。前晩の食べ物が少いから、何か食べたいと云ふので腹に入れた物は、いくら少くても胃袋が待つてゐるところへ這入つて行くので、それを迎へて胃袋が盛んに動き出すに違ひない。その運動が心臓部へ響いて結滞を誘発するのではないかと思はれる。それだつたら一切なんにも食べるわけに行かない。

さうして事実、目がさめてから晩まで何も食べずに済ました日が幾日も続いた。空腹のまま晩まで持つて行く、その晩と云ふのはお酒を飲む晩のお膳の時間で、ふだんは大体夜十時頃、仕事でもしてゐれば十一時を過ぎ或は十二時になる事は珍らしくない。ところが病中はそんなに遅くまで腹をへらした儘ではゐられないし、何よりも時間が経つにつれて段段に結滞が頻数《ひんさく》になつて来るので早く晩のお酒を始めてその苦しみを逃れたい。又何を食べても結滞を誘発するから空腹を我慢して晩のお膳を待つてゐるのだが、晩にお酒と一緒に腹に入れる物は、何の遠慮もなく食べても結滞を起こす事はない。安心して一日分を詰め込む事が出来る。だから食物を無事に腹に納める為にお酒が必要である。その酒を朝でも午でも目がさめた途端に、その場の胸の苦しさを消さうとして飲んでゐては、折角の晩の酒の味が台無しになる。飲まなければならないし、酒のにほひが鼻について、飲みたくはない。しかし結滞の頻度によつては晩まで待つてはゐられなくなつて、まだ明かるい内に、或は庭が一ぱい日向になつてゐる時から晩のお膳を始めなければならない。縁側の雨戸を閉めて電気をつけて、二日酔の様なお酒を飲む。それでも飲んでゐる内はらくで、無理にも廻つて来れば食べる物が納まり、後しばらくは結滞も起こらない。その内に手早く寝てしまつて、又明日の事は明日の事とする。

なぜかう云ふ病気がおこるかと云ふ事は私には解らない。毎年五月二十九日の摩阿陀会では昔私の学生だつた連中と友人が私をよんでくれる。その時はこちらがお客様だから遠慮なく御馳走になり、年年の記念品、大きな冷蔵庫や、家の壁に合はせて造らした背の高い本棚や、支那鉢などを貰つてゐればそれで済むが、一月三日の御慶ノ会には私が主人となつてそれ等の諸君をよんで御慶をする。お客は大体五十人、ステーシヨンホテルで金縁のメニユウ附のフルコースで御馳走するからお金がかかる。その後で結滞を起こして苦しんでゐると云ふのは、その無理算段が原因であり、結滞もアレルギーに関聯があるとすれば、御慶がそのアレルゲンではないかと考へる人があるかも知れない。

全くお金に関係がない事もないと思はれるのは、今までの経験でお金の工面に窮して結滞を起こした事は何度もあり、又その反対に思はぬお金が這入つたら結滞が起こつた事もある。だからお金がアレルゲンでない事もない。

しかし今年の御慶ノ会はすでに暮の十二月より以前に用意の錬金が調つてゐたので、その気苦労が直接の原因ではない。自分で考へられる結滞のきつかけは気候と季節風である。

さう思つて見ると去年も矢張り暮から二月半ばに掛けて加減が悪く引き籠もつた。今年より少し早く、二月十七日にもうなほつたと思つた事を思ひ出す。今年は少しずれて、始まりが遅く従つてなほるのも遅かつたが、去年も今年もその間は大体五十日である。さうして去年も寒いのと、寒い風が吹く、或は寒い風の吹く音がするのがいけなかつたのだと思ふ。

さうだとすれば来年も亦冬になれば寒いだらう。便便とその季節を待つてゐると云ふ法はない。夏の盛り、あまり暑い間は冷房装置のあるホテルに逃げて過ごすと云ふ事は二三年試たが、冬は家にゐても煖炉を焚く事が出来るから暖かくして置けば大丈夫だらうと思つたけれど、それだけでは利き目はないらしい。家の内が暖かくても、暖かい所にゐて外へ出ない様にしても、家の外が寒いのがいけない。況んや寒い風が吹き募つて戸障子ががたがた鳴り出すと、部屋の中の寒暖計の数字に関係なく寒くなる。隙間風が這入らなくても、ぶるぶるつとする。

風と気候と、どうかすれば気圧も結滞に関係があるかも知れない。今年はまあこれで済むとして、去年もさうだつたのだから、来年は外界の同じ条件をその儘では繰り返したくないと考へる。どうすればいいか。自分が死んでしまへば一番簡単で一挙に解決するが、そんな事を知つてゐるのは私ではない。この儘で来年の冬を迎へるとして、結滞の途切れた間の薄曇りの様な胸の中で思考をめぐらす。

その寒い季節の間、転地するに限る。避寒が目的だから暖かい所がいい。しかし丸で知らない所を考へる気にはなれない。曾遊の地の中から見当をつける事にする。その目的から云へば臺湾が一番いい。臺湾は曾遊の地である。しかし向うで人を曾遊の客と思ふかどうかわからなくなつてゐるから、そんな所へ行つてつまらん目にあつてもつまらない。臺湾の事を考へるのはよす。

鹿児島もいい。しかし桜島が結滞を起こしてゐる。気候が暖かい上に、もつと暖かい物が空から降つて来るのは感心しない。宮崎も暖かいだらう。種子ケ島は曾遊の地ではないが、行つて見てもいい。その時分は颱風の季節ではない。ただそんな遠方へ行くと、私の病気を隅から隅まで知つてゐる主治医と離れなければならない。海山遠く隔たつては、起き直つた拍子に顔が青ざめて鼻筋が真白になつたから、すぐ来て下さいと頼むわけに行かない。知らない土地のお医者は私の我儘な病気をどう云ふ風に見立てて処理するか、心許ない限りで、その上お医者に二種あつて、患者には先づお酒を禁ずるのを手始めにする流儀と、お酒を飲ませながら、或は患者が飲みたがるのを利用して、その効果を治療に向ける様にするのと、この二つに区分する事が出来る。知らない土地の医者がもし前者であつたら萬事休する。それに寒さを避けて逃げるのであれば、滞留の期間も長いと思はなければならない。その間全然主治医の手を離れて過ごすのは不安心である。抑《そもそ》も転地を考へるのは、年年きまつて起こる病気を起こさない様にしたいと云ふのであるから、それがこちらの願ふ通りに全く起こらないときまれば、医者はいらない筈で、どんな遠方へ行つても構はない様なものの、さうありたい、起こらない様にしたいと念願した事がその通りになるかどうかは、その時になつて見なければわからない。矢つ張り遠方はいけない。あきらめて考へない事にする。

もつと手近かな所を物色する。東海道の由比、興津。あの辺りは私の好きな所でいつでも出掛けたい。駿河湾の中の清水湾に臨み夜になると暖流が寄せて来るので暖かいと云ふ、東京からも近いし申し分はないが、そんな所に長逗留して病気にでもなればいいが、気候や風が身体に適して元気でしやんしやんしてゐたら、お金が掛かつて仕様がないだらう。これでは堪らぬと思つて引き上げ、東京に帰つて来たら、毎年の通り寒くて風が吹いて、結局毎年の通りな事になつては何にもならない。

東京の近くで、もつとぢみな所に安房の鴨川がある。先年阿房列車の「房総鼻眼鏡」の旅で鴨川へ寄つた。雄大な景色で浪が大きく汀が長く、私なぞの様な瀬戸内海の近くで育つた者には取りとめがない様な気もするが、それはそれで遠い眺めも悪くはない。帰る時又いつか来て見ようと思つた。

そこの宿屋の豪壮な構へに吃驚した。この辺陬《へんすう》の地になぜこれ程の宿屋があるのかと不思議に思つた。その旅行から帰つた後、一年ぐらゐして又どこかへ出掛けた留守中に、その鴨川の高楼の様な旅館が全焼したと云ふ話を聞いた。一週間か十日の留守中の新聞はみんな重ねて取りのけてある。その中のどれかに、大きな旅館の建物が炎上してゐる写真が出てゐたと家人が云つたので、後で見ようと思つて、新聞の積み重ねをその儘そこいらに片づけた。

何年前の事か今すぐには判然しないが、その旅館は焼けた跡に復旧工事を興し、それが竣功したのはすでに一二年前である。その知らせの案内も受け、今度の様式は以前の御殿の様な造りでなく、洋風を加味したものらしい事も知つてゐるが、その何年か前の火事の写真が載つてゐる新聞は未だに展いて見ない。未だ見ないのであつて、もう見なくてもいいときめたわけではないから、当時の新聞の積み重ねは何年来の日の埃を浴び、それを家内が掃除の度にはたくから、端がささくれて、紙の色は変り、二目と見られない汚らしい邪魔物になつてゐる。かう云ふ物で身辺、座のまはりを複雑にし、一たびさう思つた事を、思つた儘でいつ迄もらちをあけないから、何となく割れ切れない物の集積が結滞のもとになるのかも知れない。

火事の写真が載つてゐる古新聞を鞄に入れて、安房鴨川の新築の宿屋へ転地してもいい。東京から余り遠くはない。尤も距離はそれ程隔たつてゐなくても、あつちの方は汽車がゆつくり走つてゐるので、由比興津へ急行で行つて沼津で各駅停車の列車に乗り換へる、或は清水又は静岡まで行つて引き返すのよりはもつと時間が掛かるかも知れない。

もつと手近の所を選ぶとすれば熱海なぞ暖かいかも知れないが、熱海へは行つた事もなく、丸で馴染みがない。一度数年前に特別急行「はと」で熱海まで行つたが、下車した足で駅長応接室へ這入り、一休みして又上りの急行で帰つて来ただけで、外は出なかつたから、熱海を知つてゐると云ふ事にはならない。それに何となくいろんな音がしてゐる様な感じで、知らない所だからたださう思ふだけだが、一冬落ちついてゐようと云ふ気にはなれない。

箱根は近いがまだ一度も行つた事がないし、山だから寒いだらう。

伊豆の方はどうだらうと云つてくれる者もある。伊豆はいい所かも知れないがまだ伊豆のどこも知らない。熱海駅を出た下リの汽車が右へカーヴして丹那隧道に這入る。その曲がる所を曲がらずに向うへ行く線路と、そのすぐ先の隧道の入り口とを、いつもこちらの汽車の窓から見て知つてゐる。そちらへ行けば伊豆なのだらう。近い所にある伊東は余り雷の鳴らない、いい所だと聞いてゐるが、大体冬は雷が鳴らないからその為に牽きつけられる事もない。何分にも知らない所なので、ただ考へるだけにしても、纏まりがつきにくい。

鹿児島、宮崎、種子ケ島から段段近くまで色色の土地を物色して考へたが、今度の冬、あまり寒くならぬ内に出掛けるとすればお金がかかる。四五十日滞在するには遠くても近くても三十萬円では済まないだらう。そのお金をどうするか。今の話なら無い事は私によくわかつてゐるから問題はない。この次ぎ寒くなると云ふのはまだまだ先の事である。その時になればお金が有るだらうかと云ふ事もわからない。しかし世間にお金はあるのだから、さうしてお金と云ふものは、それがだれの物かと云ふ事も余りはつきりしない代物だから、その中のほんの毫毛《がうもう》の一すぢぐらゐ、私の方へ吹き寄せて来ないとも限らない。来るかもわからない。しかし矢張り来ないかもわからない。多分来ないだらう。来なくても、もともとで、今の転地の計画は結滞の合ひ間を見て考へてゐるだけだから、考へるのにもとは要らない。

昔の三代目小さんの話に、或る男が道ばたで二円拾つたらどうしよう、何に使はうかと考へる。二円でなくても、一円でもいいと思ひ直す。どうせまだ拾つたのではなし、落ちてゐるかどうか、それもわからない。多分その男の通る道に落ちてはゐないだらう。それをまだ見つけない前から、拾ひもしないのに二円のところを一円に小切つて見ても何にもならない。ただ考へるだけの事に遠慮はいらないから、五円でも十円でも構はずお拾ひなさい。

さう云ふ事で思ひつめた男が歳の暮になつてお金の工面に困り、二進《にっち》も三進《さっち》も行かなくなつて帳面をつけ出した。自分の貸しつけたお金を取り立てればいい。返してくれないのでこのところ困るが、覚えの為に書き上げて置かう。何月何日三井へ何千円、何月何日岩崎へ何千円、何月何日住友へ何千円、その他鴻ノ池の口もまだその儘になつてゐる。整理がつかなくて困るが、先方で返せないものは仕方がない。

くさくさするとその帳面を取り出して、読み上げる。往来を通つてゐた三井の番頭が聞きつけて這入つて来る。お宅で御融通を願つた覚えはないと云ふ。そちらで覚えがなくても、こちらはそのつもりであり、ちやんとこの通り帳面にも載つてゐる。こちらのそのつもりを兎や角云つて貰ひたくない。

そんな話を聞いた事がある。私がどこへ避寒の転地に出掛けようと、何十日滞在しようと、お金がどの位かからうと大きなお世話だからほつといて貰ひたい。

病勢には起伏がある。発病後十日ぐらゐは病閑があつて、今になほるだらうとも思つたが、それから後がひどくなり、主治医が一日に二度来診される日が幾日も続いた。次初めの内使つてゐた薬は、いい薬らしいけれど私には合はない様で中途でやめた。次に主治医が用ゐた新薬が凱歌を奏した様に思はれる。しかし利き目が現はれる迄には大分手間取つた。その間に主治医が病院のお医者を同道して立合ひ診察をした。エレクトロ・カルヂオグラム即ち心電図を撮つた。心電図は数年前杏雲堂病院へ行つて撮つて貰つた事があるので、患者の私の方にも勝手が解つてゐる。ただこの前の時は大袈裟な装置だと思つたが、今度はポータブルになつてゐて、私の部屋に持ち込む事が出来た。

心電図の所見なぞ患者の私が聞いても仕様がないと思つてゐる。お医者の側で知つてゐればいいので、又知つてゐて貰ひたい事で、こちらが関与する事でもないし、しても意味はない。お医者を信じなければそれ迄だが、信じてお任せする以上は殺さば殺せで、どうにでもなさつたがいい。所見はいかがですと患者たる者が尋ねて見たところで、これはもう駄目です、明日まで持たないでせうとは云つてくれないにきまつてゐる。

数年前の心電図の時も私は病院で一ことも尋ねなかつた。聞いたつて仕様がないと云ふだけでなく、教はつてもよく解らないに違ひない。ただ後で主治医から異状なしと云ふ簡単な知らせを受けて、それをその儘呑み込んで信じた。今度又心電図を撮るに際し、立合ひの両医の間にその時の記録に就いての話があつたのを傍から聞いて、矢つ張り私が呑み込んだ通りの「異状なし」であつた事を数年後に確認した。裏から逆にお医者を疑つてゐる様で相済まんが、これも患者のお行儀の一つだと思ふ。

当日はその後で細長い紙に印した地震記象の様な物を見せられて、危険と思はれる所見はない、心筋梗塞や心臓麻痺の心配はないと教はつた。

その診断は誠に難有《ありがた》い。しかし苦しい事は苦しい。胸の中に小さな悪魔がゐる。面白がつて巫山戯て止めない。死神ではないとしても、だからほつておけばいいと云ふわけには行かない。

私のこの病気には三つの型がある。今度の結滞では脈搏は規則正しく打つてゐて、その中から規則正しく抜けて行く。抑《そもそ》も結滞には当人が抜けた事を感ずるのと、感じないのと二通りあつて、感じない方が悪性ださうである。幸ひに私は抜けた度に一つづつ意識する。その抜ける数が多くなり又連続する様になると非常に苦しい。顔が青くなり鼻筋が白くなるのはさう云ふ時である。それ程でなくても、いつも胸の中に不安があつて物事を考へ続ける事が出来ない。一つの事を思ひ掛けた時、脈の抜けたいやな気持がその考へ事を中断する。だから何事によらず、極くつまらない座辺の瑣事でも、あれをああしてその次にかうして、それからこれと云ふ風に、順序を追つてつもりを立てる事が出来ない。ただ結滞のない間の隙に手当り次第事を片づける外はない。苦しくもあり不安でもあるけれど、私が保持する三つの病型の中では今度の型が一番始末がいい。

もう一つの型は結滞を伴なふ乱脈である。滅多に経験しないが、昔臺湾に行つた時に起つた。一ケ月近くも続いて、その期間の大部分が旅行中だつたので随分難渋した。脈が前の方に小刻みに片寄り、又後の方へ皺を寄せた様になり、その間が結滞で抜ける。基隆《キールン》の港で岸壁に引いた太い纜《ともづな》を跨ぎ越す時の苦しかつた事を今でも思ひ出す。

第三の型はタヒカルヂーと云ふ病状で、急に、ふとした拍子で脈搏が一分間に百八十乃至二百ぐらゐになる。しかしそれにつれて呼吸が早くなると云ふ事はない。平静でゐて百八十も二百も脈が打つ。不安な事は云ふ迄もない。私はその発作を一番長かつた時は三十六時間半、次は二十六時間半、十時間前後は数へ切れない程経験してゐる。それでも無事だつた事は、今でも他の型の結滞で苦しんでゐるのでお解りだらう。タヒカルヂーの発作のなほるきつかけには、熱燗のお酒が効を奏した場合が多い。

今度の結滞はタヒカルヂーに比べればらくなもので、まあゆつくりやつてゐなさい、などとそんな事は夢にも思へない。何しろ期間が長いので身体が衰へてくたくたになつてゐる。御馳走を食べなければいけないと思つても、ふだんの様にお箸が活躍しない。甘木君が見舞に来て、生玉子は食べてはいけないと忠告した。生玉子を食べてはゐないし、この頃食べたいとも思はないが、なぜそんな事を云ふかと尋ねると、生玉子を食べると血圧が上がるさうですと云ふ。

彼の友人に私の病気の事を話した際、その友人が私の血圧が高いから結滞を起こしたのだと考へたらしく、それでさう云ふ親切な忠告を伝へてくれたのだらう。

ところが主治医は来診の度にいつでも血圧を計る。余り頻繁なので一寸伺つて見たら、血圧が下がつて来るといけないからだと云ふ。いつもの数字であつて心配はありませんが、下がつて来れば心臓衰弱を用心しなければならないのです。

心臓衰弱の兆《きざ》しもなく、先づ先づ今度の結滞は峠を越したらしい。二月の十日過ぎ、つまり発病から一ケ月ばかり経つてから漸く病勢が衰へ始めた。ひどい時は寝てゐても結滞してゐたが、段段にそんな事はなくなり、二月半ばには結滞の起こつてゐる間が、はつきりした発作の形になつてゐるのがわかり出した。その発作に始めと終り、頭と尻尾が認められる。起こつてゐる間はその発作の進行中なのであつて、行つてしまへばもう後に結滞はない。さうなつてからずつとらくになつた。

胸の中が明かるくなつて来るにつれて、全身どうしていいか、持ちあつかふ様な気持になつた。どこがどうと云ふのでなく、どうにもならない。しんが疲れて、疲れ切つてゐる。

さうして非常に神経過敏である。気分の軽い時、一筆返事を認めなければならない葉書を書くつもりで、萬年筆を手に持つてゐた。その時玄関のベルがチリンと短かく鳴つた。ベルの音を百雷が一時に落ちた響の様に感じて、手に持つた萬年筆をもう少しで取り落とすところであつた。

発病前から続いてゐた昼夜顚倒の寝起きも病気の経過中に大体正常に復した様である。毎晩十二時前には寝られる様になつた。又身体も神経もくたんくたんで、余り遅くまで起きてゐる事は出来ないから寝てしまふ。

少し良くなりかけてゐた二月十三日の夜半十二時四十分、つまり十四日の午前零時四十分に四辺の静寂を擘《つんざ》いて電話のベルが鳴り出した。寝てゐて吃驚したが、先づ何事だらうと思ふ。身内に病人があつたので心配でもある。家内が起き出して行つて電話を受けた。

友人が舶来のヰスキーをやらうかと云ふ電話である。ヰスキーはお酒としてだけでなく、今の発作に薬用としても用ゐてゐる。難有《ありがた》く御礼を申せと云つた。それでは明日お届けすると云ふので電話が切れた。

明日と云ふのは十四日で金曜日である。その日は届かなかつたが、お使の都合は土曜日の方がいいのかも知れないと思つた。しかし土曜日にも来なかつた。日曜日もさう思つたが矢張り来なかつた。

それからすでに一ケ月経つて、その話はそれきりで済んだ。

避寒の転地に行くつもり。三井三菱へお金を貸したつもり。それと同じ事で、私にいい物をくれたつもりの人もゐる様である。

八十八夜は曇り

一

「夏も近づく八十八夜」の八十八夜が近づいた。八十八夜は立春から八十八日目なので、大概毎年五月の二日前後である。

その前月即ち四月の下旬に、私は出掛ける予定が四つ重なつた。普通の人なら、そんな事は何でもないだらう。しかし私には相当な重荷であつて、大丈夫か知らと思つた。ふだん外へ出つけない。いつも家の中で目白が鹽をなめた様な工合にふくれてゐる。そもそも今年になつて、今まで百日余りの間に三度しか外出してゐない。一月に一回、二月は無し、三月に二回。それが四月下旬には続けざまに四晩も出掛けようと云ふのだから、考へると少少武者ぶるひを催す。

出掛けると云つても、ただ起ち上がつて、洋服に著かへて、タクシーに乗つて、どこかへ顔を出して来るだけなら大した事もないが、四晩とも西洋料理、北京料理、会席料理と御馳走の趣きは変るけれど、お酒が出る事に変りはない。出れば乃《すなは》ち飲む。そつちの方の疲れも度外視するわけには行かない。

しかしながら、だから予定だとか、約束だからと云ふ以上に行きたいのが本心である。

幸ひ時候もよくなつてゐる。何しろ八十八夜が近い。緊褌一番、予定に従つて行つて来ようか。

何日目かに来て戴く主治医の博士が来診された時、右の事を話したら、元気を出してみんな行つていらつしやい、と嗾《けしか》けられた。さう云ふ事がきつかけで、いろんな事によい結果をもたらすかも知れないから。

下地《したぢ》がさうの所へ、命を預けた主治医の御意《ぎよい》は良し、何のたゆたふ事やある。予定をみんな実施し実行する事にした。

大いに士気は昂揚したが、その御相談を持ち掛ける為に来診を煩はしたのではない。いつもの通りのお手当てを受けなければならない。二種又は三種の注射、その中の一つは静脈注射である。大して痛いと云ふのではないが、どうも面白くない。肝臓に対する措置なのださうで、さうしなければならないものなら即ち止むを得ない。止むを得なければ即ち仕方がない。

それでも私は私なりに大きくなり、歳を取つて、堪《こら》へ性《しやう》が出来たと自分で感心する。若かつた時、種痘を受けなければならぬ事になつて近所のお医者の所へ行つた。腕を出して皮膚をぴツぴツと引つ掻かれた。その腕を持つたお医者さんが、内田さん、あなたはがたがた震へてゐるぢやありませんか、と云つて笑つた。陸軍士官学校の教官をしてゐる時で、士官候補生を教へる陸軍教授たる者が、植《う》ゑ疱瘡《ばうさう》でがたがた震へたと云ふのは内証にしておかなければいけない。

二

四つの予定の一番目は帝国ホテルに於ける結婚披露の招宴である。

さう云ふお目出度い席に列しておもてなしを受け、御馳走を食べ三鞭酒《シャムパン》や紅白の葡萄酒を飲む、亦たのしからずや。況んや昨今陽気は申し分なし。

ところが爾前に依頼を受けた。当夜の席上乾杯の役を引き受けてくれと云ふ。

歳の加減で髭は白く、人より長じてゐる様に見られ易い。止んぬるかな。必ずしもさうではないと云ひのがれたいが、はたからさう見えるものなら仕方がない。

今までにすでに何度もさう云ふ役を負はされてゐる。経験もある。のがれざるやと観念し、同じ事なら縁起よくと心得て目出度くお引き受けした。

しかしその後に解決を要する懸案がある。

私は礼服を持つてゐない。お目出度い席であつても、ただ招かれてそこに列するだけなら、簡略と云ふ事でふだんの背広でもいいかも知れない。しかし、いやしくも祝宴の席で乾杯の音頭を取り、多分礼装が多いに違ひない大勢の人人を起たせる張本人が、ふだん著の儘では恰好がつかないだらう。

私だつてもとから礼服がなかつたわけではない。それどころか、長い間の窮迫の挙げ句、外へ著て出る背広もなくなつて、あるのはフロックコート一著だけになつた。

なぜフロックコートが残つたかと云ふに、あまりに古い代物《しろもの》なので、質屋が相手にしてくれない。それでも是非にと頼んだら、一揃ひ一円八十銭ならお預かりすると云ふ。昔のお金の高を持ち出しても意味はないが、その時分としても飛んでもなく安い値踏みなので、まあさう云はずに、もう少しどうかしてくれと頼んだが、どうか外をお聞き下さいと云つて取り合つてくれなかつた。前前からの懇意な質屋なので、そこでさう云ふ以上、外へ持つて行つても駄目にきまつてゐる。

だからそのフロックコートだけは手許に残つてゐた。ずつと以前の官立学校時代以来の物なので、古さも古いのは当然である。私はそれを背広の代りに著て歩いた。礼装である可き時に背広では失礼になつても、背広でいい時フロックコートを著てゐて失礼と云ふ事はないだらう。とは云ふものの少しはをかしかつたかも知れないし、をかしいと云ふのがその場の不調和よりも、著てゐる本人の頭の中を疑はれたかも知れない。しかし好き好んで異様の風態をしてゐるのではない。それより外に著て出る物がなかつたのだから仕方がない。

昔は背広を誂へる時、上衣、チヨツキ、ズボンの三ツ揃の外にズボンだけもう一本、つまり四ツ揃にしておく事がはやつた。毎日の勤務に著てゐると先づ最初にズボンの尻が痛んで来る。上衣やチヨツキはまだ何ともないのに、ズボンだけの為に三ツ揃が駄目になつてしまふ。替りズボンと云ふ手もあるが、それよりも初めからズボンを二本造らせておく。

さう云ふ苦労がないのがフロックコートやモーニングコートである。上衣の裾が長くてお尻を隠してゐるから、ズボンのそこの所がどんなに痛んでゐても、大きな穴があいてゐても、だれにも見える心配はない。私が背広代りに著用したフロックコートは、勿論人前に出せるお尻ではなかつた。

そのフロックコートも先年の空襲の火事で焼けてなくなつた。

その後、私の家に礼装はない。だから披露宴の当夜までには才覚を立てなければならない。急いで新調するとか、間に合はせに釣るしを買つて来るとか、釣るしで売つてゐるかどうか知らないが、さう云ふ事は考へてゐない。ただ専ら人の持つてゐるのを借り出す事ばかり思ひ詰めた。

先年皇女順ノ宮様が備前岡山の池田家へ御降嫁になつた時、池田家は私の郷里の殿様であつたと云ふ縁故で、多分その為だつたのだらう、東京での御披露宴にお招きを戴いた。

それは勿論礼装して参上す可きである。然《しか》るところ私の所には礼服がない。昔の学生の、今は大変えらいがそんな事は構はない、彼の所有するモーニングコートを借りたいと頼んだ。

脊丈が大体変らない。多分その儘間に合ふだらうと見当をつけた。

持つて来てくれたのを釣るして見ると、思つた通りの寸法である。

当日そのモーニングコートを著用して、さて出掛けようと玄関でしやがみ、靴を穿かうとしたが、しやがむ事が出来ない。靴に手が届かない。頭から足の先までの寸法はいいのだが、股の切れ上がりの工合が彼とは違ふらしい。ズボンの腰のあたりが馬鹿に窮屈で、下半身の運動が思ふに任せない。しかし今更どうにもなる事ではない。ぢつとしてゐれば外観はちやんとした礼装の紳士である。その儘粛然と出掛けてお招きを受けた場所へ伺つた。

今度も腰のあたりが窮屈なのは覚悟の前である。それはこちらで我慢するから又貸して貰ひたいと云ふと、あの時のズボンはもう古くなつたので、新らしいのと買ひ換へました。今度のはきつと先生にも合ふでせうと云つた。

ズボンはいいと思ひますけれど、上衣の裏がぼろぼろです。構ひませんか、と云ふ。

そんな事は構はない。だれかが見つけて、ぼろぼろですねと云つたら、これは君から借りたのであつて、僕のではないと説明するから平気だ。

それで解決して安心してゐると、当日の一両日前になつて、そのモーニングコートは親類のどこかへ行つてゐて、すぐには間に合はない事がわかつたさうで、しかしそれでは私が困ると思ひ、すぐ近所にゐる同じく昔の私の学生であつた彼の友人のモーニングコートを借り出して届けてくれる事になつた。

両君に大変御迷惑を掛け、御手数を煩はして相済まんが、無ければ困るのだから、そのお許らひは難有い。

当日そのモーニングコートを著用して玄関に出た。今度は玄関に出る前から、ズボンの工合がいい事はわかつたが、チヨツキや上衣の腋《わき》の下《した》が非常に窮屈で、やつと腕は通したけれど、真直ぐに向いてゐても、そこいらを引き締められる様で、脈が搏つのがわかる様で、甚だ面白くない。

しかし止むを得ない。

出掛けて、澄まして席につき、無事にお役目を果たし、又いただく物はいただいて、いい心持になつた。

宴が終つて別室でコクテールをなめながら一服する。暫らく会はなかつた人人の顔を見て挨拶するのもお目出度い。しかしながらかうしてゐても腋の下には脈が搏つてゐる。身体の動かし方では、そこの所をくすぐられてゐる様でもある。くすぐつたいからつい笑顔になつて、大変御機嫌の様で、随分お元気ですねとほめられた。

三

お出掛け四回の内の第二回は宮城道雄の伝記刊行に就いての集りである。宮城さんが東海道刈谷駅で亡くなつてから、今年はもう七回忌を迎へる。昨日の事の様だが、その感傷は省略しよう。そんな事がなくても、彼の伝記は必要だと考へてゐたが、幸ひ編者にその人を得て、吉川英史君の手で脱稿が近いと云ふ。著手前から刊行委員会があつて、先覚諸氏が必要な進言や忠告を寄せられた。今夜は上梓も近い仕事の報告を兼ねて、なお皆さんの御意見を聴きたいと云ふ趣旨の会合である。

だからただの宴会ではない。しかし所はステーシヨンホテルである。お酒があつて御馳走が出て、少しく廻つて来れば老先覚達の発言も活潑となる。

宮城さんは亡くなつたが、そのお弟子は全国にわたつて大変な数である。宮城音楽はますます盛んになつて行くだらう。時時お弟子達の演奏を聴く機会があるが、所謂直門でなくても、その立派さにびつくりする事が多い。宮城と云ふ幹から出た枝が繁り葉が栄えて、鬱然と空をおほつた壮観を思はせる。

皆さんの席が賑やかになり、食卓の上が一層明かるくなつて来た様である。伝記もいいが、それは後でもいいとして、後でもいい為には宮城さんがこの席の、我我の間にゐなければいけない。宮城の坐る椅子を一つ、そこへ持つて来させようか。

四

毎日起きると、いつもの順序を済ませる。意味のない事を繰り返してゐる様でも、さうして繰り返してゐられるのが難有い。

今日はその順序の後に、外へ出掛ける予定があるので、その支度をしなければならない。

午後遅く裏から戻つて、いつもの様に机の前へ坐つた。前には違ひないが、机に向かつたのではない。机を横にして襖の方に顔を向けてゐる。さうして口が乾くからお茶を啜つたり、又頻りに煙草を吸ふ。裏から帰つてから、何だか気分がよくない。裏と云つただけではよく解らないかも知れないが、空襲で焼け出された後、丸三年掘立て小屋にしやがんでゐた当時の使ひ馴れた言葉で、要するに憚りの事である。その後がどうも面白くない。ここ暫らく身体の調子は順当で別に悪いと思ふ所はないのに、今日はおなかの工合が変である。ぢつと腹をおさへる様にして坐り込んでゐる。動く気はしない。気持が悪いから目をつぶる。腹の中が真暗になつてゐる様に思はれる。

大分長い間さうしてゐたが、出掛ける時間になつたので、兎に角起ち上がつて外出の支度をした。

さうして身体を動かして見れば、別に大した事もない。そこへ先日モーニングコートを頼んだ彼が誘ひに来てくれた。今夜の席へ一緒に列するので、その自動車に便乗させて貰ふ。

法政大学のもとの総長の野上さんが亡くなられてから十三年経つと云ふ。申し訳ない事だが、あれから十三年過ぎたとは思はなかつた　今夜は御遺族のお招きでその思ひ出の集りに出掛ける。場所は虎ノ門である。

途中、自動車の窓から眺める夕方の空に、明暗の段が出来てゐた。暗い所が頭の上にかぶさり、大きなビルの屋根に区切られた向うの空には明かるい残光が流れてゐた。

会場に入り、三階に上がつて席に著いた。広間の床脇の壁に磨り硝子の嵌まつた高窓がある。座敷の中はすでに夜だが、そこの窓にはまだ暮光が残つて青白い色をしてゐる。

同卓の人と何か話してゐた時、不意にその窓がチラチラツとした。

おやと思ふ間もなく、頭の上をひどい雷鳴が走つた。

びつくりすると同時に、こはい事はこはいが、さうだつたのかと思ひ当たつた。

今日の午後、出掛ける支度をする前に気分が悪くなり、臓腑が腐る様だつたのはこの雷の為であつた。その時すでに、私の身体は雷気を感じてゐたのだらう。今の雷光雷鳴で豁然《くわつぜん》とわかつた。子供の時から雷がきらひなので、きらひと云ふより、こはいので、同じ様な経験を若い時から重ねてゐる。ただ歳を取つた今には、もうそれ程敏感でもなくなつてゐるかと思つたが、矢張りさうでもないらしい。

窓に響いた雷鳴はなほ暫らく轟き続けたが、その内に遠ざかり、お酒も次第に廻つて来たのであまりこはい思ひはせずに済んだ。

まだ早い内にお開きになつた。今晩のこの席が下旬の四つの予定の中の三番目である。今までは無事に済ませて来たが、四つ目は明日で今晩と続く。間をおかないで連続するのは身体にこたへるから、成る可く避けたいがしかし止むを得ずさう云ふ事になつてゐる。

そこで今晩のお開きが早かつたのはその為には難有い、と思ふ。ところが、こんなに早いのだし、雷様は鳴つたし、さうしてもう済んで夕立上がりのすがすがしい宵になつたし、随分長い間行かないから、下谷坂本の、恐れ入谷《いりや》の鬼子母神のそばのかぎ屋へ廻りたいなと思ひ出した。同行の彼に連れて行つてくれと頼んだ。幸ひ自動車も待つてゐる。随分遠いけれど、車で行くなら何でもない。

おともしませう、と云つてくれたので、欣然と自動車の座席に靠れた。「恐れ入谷《いりや》の鬼子母神」同じ様な無駄口に「さうで有馬《ありま》の水天宮」系列は少し異なるか知れないが、「は、は、は、は、母の十三年」

「十三年はわけはないな」

「全くさうです」

「生きてる内の十三年、死んだ後の十三年、同じ十三年でも違ふ様だな。死んだ時から数へた十三年、死ぬその日までの十三年、こいつは少し重苦しいね」

五

今年一月号の本誌に寄せた「ひよどり会」は去年の晩秋にあつたのだが、更に春の「ひよどり会」を開くと云ふので、その打ち合はせに来た。

「だつて、去年の秋やつたばかりではないか。

さうです。それで今度は春に開きます。

そんなに頻頻と開いてどうするのだ。みんなも忙しいだらう。

それはいいのです。御都合を伺つて日をきめます。

しかしもうぢき摩阿陀会もあるし、よしたらどうだ。

みんな、そのつもりにしてゐますから。

だれがそんな事を云ひ出したのだ。

あれ、先生がさう云はれました。

僕がどうしたと云ふのだ。

春にもやれと先生が仰しやいました。

いつ。

この前の会の時、僕と清水さんがお送りして来ました。その時さう仰しやつたのです。清水さんも承知してゐます。

さうかね。

秋の会の時、席上でもそんな話が出ました。飛行機でやらうかなどと云ふ意見もありました。

さう云へばさうだね。それではやりなさい。しかし飛行場はいかんね」

私は覚えてゐなかつたが、酔つて忘れたのだらう。忘れたのではなく、初めから酔余の受け答へで、ただ反射的に何か云つただけなのだらう。もともと忘れる程覚えてはゐなかつたかも知れない。それで、それなら諸君の云ふ通りに従ふ事にした。それが諸君の云ふ通りではなく、私がさうしろと云つたのだと云ふ。そこの所はよく解らないが、わからなくても構はない。兎に角当夜は席に列なる。それが下旬の予定の四番目で、目出度くお仕舞ひ。昨夜の春雷の席は北京料理であつたが、今夜は上方風の会席である。

そこへ坐ればすぐに御機嫌になる。昨夜に続いて出掛ける前は少しは疲れてゐるかと思つたが、かうして今夜の順序になれば別に大した事もない。

今日は四月二十九日の天長節であり、又日曜日である。だから日蝕だと云つても、席上わからない者の方が多かつた。お休みが二つ重なるのを恨んだ若い時の事を思ひ出す。

時にもう八十八夜が近い。来年もこの会が出来る様だつたら、八十八夜にきめようではないか。八十八夜は立春から八十八日目である。そこで秋の会もするなら、暦を調べてその日から八十八日目が立春になる日を卜《ぼく》する事にしよう。

はははは、母の十三年。死んでからの十三年。死ぬ日までの十三年。立春からの八十八夜。立春までの八十八夜。お酒が廻ると自分で云つた事も忘れる癖に、また変な方へ聯想が走つて行く。

輪舞する病魔

一

ひどく縁起をかつぐおやぢさんの所で、意地の悪いのが一首詠んだ。

　福の神が家のまはりを取り巻きて

それでかつぎ屋のおやぢはすつかり御機嫌になつた。何と云ふお目出度い歌だらうとよろこぶ。

意地悪が下の句をつけた。

　福の神が家のまはりを取り巻きて

　貧乏神の出どころもなし

落語でよく聞く歌で、名人と云はれた昔の三代目柳家小さんが、重重しく、物物しく、一ことづつ千切る様に詠んだ口跡を思ひ出す。

これに倣《なら》ひ、裏返しにもぢつて私の所懐を抒《の》べ、主治医の博士に御披露して一粲を博する事を思ひついた。

前立腺炎。癌。心筋梗塞。脳溢血。肺炎。ソノ他モロモロノ病魔ガ家ノマハリヲ取リ巻キ、四百四いろニ犇メキテ、長寿ノ神ハ出ドコロモナシ。

縁起でもない病名の列記で、冗談ではない。どれを取つても、その一つ一つが即ち死神であると思はなければならない。

来診されたお医者様と対座してゐる家のまはりを、それ等の病魔が遠巻きに取り巻いてゐる。中にお医者様がゐるので、面白くないから少し離れてゐるかも知れないが、どこかへ行つてしまふわけではなからう。又行つてしまつては困るので、囲みを解けば出口が出来るので、そこから今まで中にゐた不老長寿の神様が出て行く事になつては大変である。

ふだんはそれ等の病魔が、と云つても名前を挙げたのはその中のほんの一部で、四百四病の病魔が四百四色に輪舞する気配が犇犇《ひしひし》と感じられる。その犇めき合ふ息遣《いきづか》ひ、押し合ひ揉み合ふ足音がまざまざと伝はつて来る様に思ふ。

彼等がさうやつて家のまはりに垣を造つてゐれば、ゐる間は先づ大丈夫である。長寿の神は行きどころがないので、止むを得ず私の傍にぐづぐづしてゐる。願はくはさうやつていつ迄もゐて貰ひたい。

しかしいつ迄ゐてくれるのか、その逗留の期間はわからない。わかるのは後からの計算による期間ばかりで、これから先の事は、全然、丸で、明日の日の事もわからない。

主治医の博士にはすでに三十何年、ただお一人にお任せして御厄介になつて来た。三十年の歳月は長い。仮りにこれから先の三十年と云ふ事を考へれば、気が遠くなる程遠いが、過ぎ去つた三十年は現実であり、はつきりしてゐて、昨日か一昨日の様であり、又昨日、一昨日の連続に過ぎない。

私はよく主治医に云ふ。本当に難有《ありがと》う御座います。お蔭で今日までかうしてまゐりました。しかしこの過ぎ来《こ》し歳月《としつき》、指折り数へて見れば三十年でありますが、それは過ぎた日、済んだ事の積み重ねです。その経過の途中でせめて十五年、又は十年の過去の或る日に、これから先、十年は生きる、十五年はもつ、となぜ仰しやつて下さいませんでしたか。さう云つて戴ければ私にもそのつもりがあつて、いろいろ事に処する都合がつき、今日とは別の今日になつてゐたのではないかと思ふのです。

科学者としての医師の起ち場から、そんな事が云へるものではない事は勿論わかつてゐるが、承知の上でお心安立てに難題を持ち出して見る。

二

前稿「遍照金剛」の中で、昔私が若かつた時、医師から肺ヂストマの診断を受けた事を記した。

数十日後にそれは誤診である事が判明したが、それ迄の期間中、その医師が処方調剤した薬をのみ続け、又その指図に従つて栄養物、当時は滋養と云ふ言葉が一般に通用したが、その滋養分を摂取する為の御馳走を食べ続けた。毎日欠かさず食べる様に指定されたのは、かしは即ち鶏肉である。

それによつて食べ養生、つまり食餌療法を実行させ、肺ヂストマと云ふ難病に対して抵抗力を養はせようと云ふのであつたらしい。

その診断は後でお見立て違ひなる事がわかつたにしても、医師の命令に従ひ御馳走を食べ続けたのは悪くなかつた。

しかし誤診をもとにした判断で処方され、そのお医者の手で調剤して当てがはれた薬は、私の身体にどう云ふ働きをしたのか、わからない。

時は明治四十年、その時分はまだ丸薬が珍らしくはなかつたが、丸くて固くてころした粒を薬袋に這入り切らない程一ぱいに詰め込んだのを渡された。

与へておいて、一週間か十日様子を見る。その上で又更めて調剤すると云ふ風ではなかつた。最初の診断の後、一どきに数十日分の丸薬を揉んで丸めて、どさりと下げ渡された。肺ヂストマはどうせ急にはなほらないにきまつてゐる。さう云ふ処置でよかつたのだらう。

しかし、最初の一回の診察だけで、そのお医者は肺ヂストマ患者なる私をかまつてくれなかつたわけではない。

申し置かれた言ひ附けがある。後で、しつかりした美濃紙か奉書の紙に喀痰を取り、よく乾かしてから持つて来なさい。

だから、云はれた通りにして、痰を包んで乾かした紙を届けた。

どうするのだらう、と不思議な気がしたが、兎に角指図通りにしておいた。

この話は、これから先に変なところがあつて、今でもよくわからないのだが、わからないなりに話を進める。

私は一人子なので兄弟姉妹はないが、子供の時からお姉さんお姉さんと呼んで、尊敬してゐた従姉《いとこ》があつて、お静さんと云ふ名前であつた。

お静さんは出戻りで、その儘ぢつと家にゐても仕様がないと思つたのか、検定を受けて看護婦になつた。

明治のその時分、看護婦は或る意味で尖端的なハイカラでもあつた。

看護婦だから職業上、私を肺ヂストマと見立てたそのお医者も知つてゐる。

痰を紙に吐いて、その紙を乾かして来いと云つた話をすると、それはあすこに顕微鏡がないから、時時県立病院へさう云ふ患者の痰を持つて行つて調べて来るのだらう。乾かして来いと云ふのは、手許に置いとく間始末がいいからで、持つて行つて顕微鏡の載物台に掛ける前には乾かした紙を濡らし、湿《しめ》りを戻してからさうする、と教へてくれた。

お静さんの姉さんの説明で納得したが、そのお医者は患者の喀痰を調べるのにそれだけの手間を掛ける。顕微鏡検査の事はよく知らないけれど、一たん乾かして干物の様にした物を又濡らして湿《しめ》りを戻したり、そんな事で正確な結果が判定出来るのか知ら。その癖、最初ただ一回の診察で肺ヂストマの診断を下し、丸薬を一時にあんなに沢山くれたりしたが、誤診であつて、そんな厄介な病気に取つつかれてゐるのでなかつたのは難有い。

心配が根もない事であつたので、これもお願《ぐわん》をかけたお大師様のお蔭であると祖母が云ひ出し、お礼まゐりに行けと云ふ。それで前稿の「遍照金剛」の話になるのだが、それは私の第六高等学校入学後の事であり、年代から云へば明治四十年晩秋に肺ヂストマ騒ぎがあつたのである。

どうもをかしいのはお静さんのお姉さんの一件である。

お静さんは看護婦として患者に附き添つてゐる内に肺病に感染し、長い間寝たり起きたり、児島湾の中にある竹島と云ふ小さな島に転地したりして療養に努めてゐたが、到頭なくなつた。

古ぼけた家の、低い二階に通じる梯子段の下の病床に、痩せて、かさかさに干からびた様な顔をして寝てゐる所へ、私がお見舞に行つた記憶がありありと残つてゐる。

お静さんが枕もとに坐つた私の顔を見つめて、「栄さん、えらい人になつて下さい」と云ふと同時に、乾いた頰を涙の粒がころころところがつて落ちた。

どうもをかしい。

お見舞に行つたと云つても、それはお静さんが会ひたがつてゐると云ふので、私の家からお別れに行つて来いと云はれて来たのである。

間もなくお静さんはその病床でなくなつた。

明治三十年台である事は間違ひないが、正確に三十何年であつたかは、今わからない。

肺ヂストマ騒ぎは明治四十年の秋である。喀痰を紙に取つて乾かせと云はれた事から、顕微鏡検査に及ぶ話はお静さんの説明で納得した。お静さんはそのお医者を知つて居り、その家も知つてゐる。町外れに近い奥の方にあるお静さんの家から、町なかへ出て行くにはそのお医者の家の前を必ず通るのである。

しかしお静さんは、その何年か前に死んでゐる。肺ヂストマの話のお医者の家の前を通る筈がない。通つて町中へ出て、何をするにも何にも、そんな筈があつてもなくても、あんなに色んな事をはつきり教へてくれたお静さんが、すでに何年か前に、梯子段の下の病床で死んだと云ふのはをかしい。どこで記憶がどう間違ひ、どうもつれたのかわからない。

あまり変な話で、不愉快である。面白くない。

三

日本郵船の囑託をしてゐた時、その末期に近く、郵船の囑託はその儘、在任のままで交通公社の囑託を兼ねた事がある。別に部屋を貰つたり、私の机がきまつてゐたりしたわけではなく、ただ時時顔を出すだけの囑託であつた。

又別に放送局の囑託にもなつた。同じく何もきまつた仕事、任務があつたわけではなく、時時顔を出すに過ぎない。お願ひしたい事、来ていただきたい事のある時はこちらからお知らせしますと云ふ事だつたが、結局その様なお呼び出しを受けた事はない。

放送局の方は、放送用語等に就き何かお役に立つ事があるかとも思ひ、交通公社の方は弘報等に関聯してお手伝する事があるだらうと考へてゐたが、どちらも在任中何のお役にも立たなかつた。

従来からゐる人達の手で、何とか済んでゐる所へ、他から這入つて来たうるささうなおやぢを介入させる迄もなかつたのであらう。

向うからは私に用事はなかつたかも知れないが、私の方には出掛けて行く用事があつた。

放送局では当時中中手に入りにくくなつてゐたラヂオのセットを世話して貰つた。頻頻《ひんぴん》と鳴る空襲警報を聞く為に必要だつたのである。

その他、時時顔を出すと云ふのは俸給を貰う為で、どちらもこれが一番大事な用事であつた。

なんにも仕事がない、お役に立たない、それで戴く物だけはいただく。全く、昔に教はつた尸位素餐《しゐそさん》と云ふ熟語の標本見たいなものである。

三月の某日の午後、郵船を切り上げ、私の部屋を出て、同じ丸ノ内に在る交通公社へ出掛けた。部屋にはそれ迄一緒にゐた給仕、郵船では給仕の事を店童と云ふ、その店童を部屋に残して郵船ビルを出た。

交通公社は郵船ビルから近い、らくに歩いて行かれる。

公社の二階に経理部がある。そこへ行つて俸給袋を請取り、何か二言三言、そこいらにゐる人と口を利いた後、階下へ降りようとして階段の上まで来たら、いいお天気だつたので、そこの壁にまだあかあかと西の窓から日が射してゐる。

その日なたを見たら、急にふらふらつとして、目まひがする様な気持になつた。

これはいけないと思つたから、階段の手すりにしつかり摑まつて降りて行つたが、下まで降りたら、もう歩けない程ひどくなつて来た。

そこの机にある手近かの電話機をやつと廻して、郵船の私の部屋にまだゐる筈の店童を呼んだ。彼はそこで何か勉強してゐるだらうと思つた。

いい工合にゐて、すぐに電話を受けた。

脳貧血の様だから、急いで来てくれと云つた。

そこいらの机の角に突つ伏して、店童の来るのを待つた。

舗装道路に朴歯《ほほば》の下駄の固い音を響かせて、足早に近づいて来るのが聞こえた。

秘書の好意で総裁の車を出してくれたので、家に帰る事が出来た。

脳貧血の経験はあまりないが、その系列と思はれる病歴がない事はない。

終戦後の或る年の寒い晩であつたが、二十何年であつたかは覚えてゐない。

築地の入口と云ふ様な場所であつた。林芙美子さんが出させてゐると云ふ小料理屋があつて、店の名前ははつきり覚えてゐないが、肝心の名前を忘れた癖に、表にかかげた箱行燈の仮名の仮名遣ひが間違つてゐた事を思ひ出す。今の新仮名遣ひなどと云ふものはまだその時分は行はれてゐなかつたので、本当の単純な文法上の仮名遣ひであつた。名前を忘れて、間違つてゐたと云ふ事だけ覚えてゐる。そんな例は間間ありさうに思はれるが、何しろ碌でもないぢぢいです。

毎日新聞から頼まれた座談会なので、新聞社へ来て下されば、その会場へは車で御案内すると云ふ打ち合はせであつた。

新聞社には自動車があるけれど、往来で車を拾ふ、タクシーを呼び止めるなど、その時分は中中簡単には行かなかつた。

毎日新聞社の自動車で、林芙美子さん経営のその小料理屋へ行つた。

座談会の同座は小人数で、私の外に一人か二人、どなたであつたか、ぼんやりしてゐて、よくわからない。どんな話をしたかなど、丸でつかまへ所もない。どうもをかしいと思ふ。その店の名前もはつきりしないし、後先《あとさき》すべて朦朧としてゐる。或は、今この続きで話す突発事が原因となつて、その晩の記憶がぼやけてしまつたのかも知れない。

席上、その当時としては申し分のない御馳走も出るし、お酒も十分廻つて、あまり遅くならない内にお開きになつた。

来る時は自動車であつたが、帰りはさうは行かない。皆さんも入口でばらばらに別かれた。私は一人になつて、すぐ近くの電車道に出たが、広い往来は暗く、寒い風が吹いてゐる。

停留場の安全地帯に起ち、蝙蝠傘をステツキ代りに突いてゐた。

実に突然、何の予感も前兆もなく、私はばたつと安全地帯の上に倒れた。うつ伏せに倒れたので、眼鏡がわれ、鼻に怪我をしたらしい。

しかしすぐに自分で起き直つた。投げ出した蝙蝠傘を取り上げ、もとの様にその場へ突つ起つた。ほんの一瞬の事であつたが、その間は気を失つてゐた様である。だから倒れたので、わかつてゐて起つてゐられなくなれば、自分でしやがむなり、広告塔の柱に靠れるなりしたであらう。

起き直つて見て、頭が痛いとか、まだくらくらするとか、そんな事はなんにも感じない。丸で他人事の様である。

しかし顔に怪我をしたらしい。ハンケチを出してそつと拭いて見ると、血がつく。眼鏡のレンズの破片でどこかを切つたのだらう。

　これはいけない、と思つた。電車が来るのを待つてゐても、電車が来ても、血みどろの顔で明るい車内へ這入れるものではない。幸ひにこの通には時時自動車が来る様だから、それに乗つて家へ帰らう。

　安全地帯を降りて歩き出した。

　間もなく後ろから一台来たので、呼び止めた。

　一たん停車したが、ドアに近づいた私の顔を見て、スウツと行つてしまつた。

四

　その後に来た車は、呼んだら停まつて乗せてくれた。

　空襲の火事で焼け出された後なので、私の帰つて行く家は二畳敷の掘立て小屋である。血まみれの顔で小屋に帰つて来た。小屋の明かりの中で私の帰りを待つてゐた家内が非常に驚いて声をあげた。

　輪舞する病魔のリストの前列に、脳貧血も出しておかなければならないかも知れない。

交通公社の階段の上の脳貧血、築地の電車の安全地帯の昏倒、いづれもその事の根は私の身体の内にある。

しかし、わざはひは外からも襲つて来る。

暗かつた終戦時から年月が経過するに従ひ、身辺も世間も段段明るくなつて来る様であつたが、昭和が三十年台に入つてから、先づ最初に宮城道雄の事があり、災厄は勿論御当人の宮城さんを襲つたのだが、その事を観念として受け取る私には誠に堪へ難い経験であつた。

すると、引き続きその翌年《よくとし》には私の所で育てた家猫ノラの事が起つた。時候も丁度今頃の三月二十七日の麗かな午後、家の庭からどこかへ出て行つたきり帰つて来ない。それから丸八年経つ。しかしそれでも私は、今にもひよつと帰つて来やしないかと待ち心を捨てないでゐる。

さうして三十年台を三年続けて、その翌年には家内が大病に罹り、入院させる様な事になつた。

宮城さんはもう帰つて来ない。

八年過ぎてノラはまだ帰らない。

幸ひに、三つの中の三番目の家内は、病院から帰つて来た。誠に難有い。

さうなると三年続いた三つの初めの宮城さんへ戻り、今更地団太を蹈む気になる。

ノラはきつとまだ、どこかで生きてゐる。今に帰つて来ないとは限らない。

彼の失踪当時、鹿児島在の人から、気を落とさずにノラの帰つて来るのを待てと慰めてくれる手紙を貰つた。その人の家の猫は失踪後八年目に帰つて来た。家の人が見つけて、あつ、うちの猫だと云ふ騒ぎになり、その猫の好きだつた物を与へて食べさせた。

食べ終ると、ついその横にある納屋の屋根に上がり、うまかつたと云はぬばかりに、いつ迄も口なめづりしてゐたが、その内又どこかへ行つてしまひ、今度はもう帰つて来なかつたと云ふ。

八年目に顔を見せに帰つて来たのだらう。

猫は我我の身辺にゐる小さな運命の塊まりの様なものである。

禿げか白髪か

大分歳を取つた様だが、昔は若かつた。

若かつた日の憂悶を思ひ出す。

何よりも死ぬ事を恐れた。死にたくない。死んでは困る。

学校を出たら卒業祝に学士会から招待された。当時の帝大は綜合大学の形をはつきりさせてゐて、今の文学部は文科大学であつた。私共は文科大学の卒業生即ち新文学士としてよばれたのである。

会場は小石川の植物園であつた。受附に名簿が備へてあつて、参会者は銘銘に署名する。御馳走が何であつたか忘れたが、麦酒は豊富に用意されてゐた様である。

主人側の幹事が起《た》つて来会者に祝辞を述べ、同時に皆さんは新らしく本会の会員になられた事を承認されたいと云つた。

そのつもりで御馳走によばれて来たのだから言ふにや及ぶ。一同だれにも否やはない。

私もその一員となり、会費を払つて月月「学士会月報」の配布を受けた。

大体会員間の聯絡雑誌であるから、どこを開けても別に面白い事はないが、時には有益な記事も載つてゐたかも知れない。しかしそんな事よりも、暫らくすると、毎月その雑誌が来るのが気になり出した。どの号の巻頭にも新らしく死んだ人の写真が載つてゐる。黒枠で囲み、略歴を記し、その夭折を惜しむ哀悼の言葉が添へてある。写真に写つてゐるのは殆んど若い人ばかりで、有為の材を抱きながら早世したのはいたましい。結婚して間もない人もあり、若い未亡人を残して死んで行き、或はすでに小さな子供がゐる人もある。

巻頭のさう云ふ写真が一葉や二葉ではなく、もつと何枚も載つてゐる号もあつた。黒枠の写真が一枚も出てゐない号は無い。

月報を手に取つて、つくづく憂鬱になる。開けて見なければいいかも知れないが、いやだからなほ更見ずには済まされない。

到頭我慢が出来なくなつて、その会を脱退する事にした。会員でなければ黒枠を目の前に突きつけられる雑誌は来ない筈である。

脱会届を出したら、その会の役員になつてゐる偉い先生から、懇篤《こんとく》な手紙をいただいた。脱会するな、思ひ直せとさとされたのである。その先生に御返事を出した。若い人があんなに死ぬのを知らされるのが堪へ難いからですと云つたら、更に重ねてそれでもとは云はれず、脱会が認められた。

ずつと後年の話になるが、身辺の不始末でお金に窮し、高利貸から借金しようとした時、彼等はこちらの身元を洗ふ。内田さんは帝大出と云ふ事になつているが、今のお勤めの地位から云つて、間違ひはないと思ふけれど、あんたのお名前は学士会名簿に載つてゐない。をかしいな、と云つた。

学校を出てから一二年、若い盛りの明け暮れが実に憂鬱で、身のまはりは薄暗く、行きづまりの道が崖の下陰に突き当たつた様な気持であつた。

歳を重ねて三十になり、三十台の一歩を踏み出した時から、明るい日の射す日なたへ出た様な気がした。あまり死ぬ事を気にしなくなつた様である。ところがさうなつてから後に、実は厄介な病気の芽が萌え出て来たらしい。

病名はタヒカルデイー。後年、段段ひどくなつて、一番長く続いた時は三十六時間半と云ふ記録を持つてゐる。そのタヒカルデイーの発作の走りがすでにきざし初めてゐた。自律神経の変調によるものださうで、その発作が心臓の収縮に現はれ、一分間の脈搏数が百八十から二百に及ぶ。

三十六時間半は一回だけだが、その後に二十六時間半継続した事もあり、十時間前後の発作は数へ切れない程経験した。それを無事に切り抜けて来たが、自分の内部に根をもつ病気の外に、外から襲つて来た災厄にも遭遇した。関東大震災と空襲の時の爆撃。どちらも下手をすると命を落としたかも知れない。

大地震の時は、小石川の高台にゐたので火災には遭はなかつたが、最初の一揺れで、瓦が全部落ちてしまつた。そのお蔭で屋根が軽くなつたから、家は潰れなかつたけれど、二階に上がる梯子段の横の壁が崩れ落ちて段段を埋めてしまつた。二日目だつたか三日目だつたかに雨が降り出し、瓦のない屋根から笊《ざる》を通した様に雨水が垂れて来た。

空襲では家を焼かれた。その火をのがれて逃げ出す前に、敵機から落としたモロゾフの麵麭《パン》籠と呼ばれる焼夷弾と小爆弾の束が空中でほどけて散らかり、鋪装道路の往来に出てゐる私の足許へ落ちて来た。カチンと云ふ固い音がした。それも一つだけではなかつたが、幸ひ不発だつたので無事に逃げられた。

炎に追はれ、降つて来る敵弾に前後をおどかされて、あぶない事であつた。そんな目に遭ひ、又自分の心臓が狂つた様にあばれる病気にさいなまれながら、若い時あんなに恐れた死神にはまだ出会はない。あぶない加減で生きてゐる。生きてゐるから歳を取り、何しろ古いので、ぼろぼろでがたがたである。

行きづまりかと思はれた崖下から日なたに出たが、日なたは日なたで矢張り物騒であつた。物騒な日なたで過ごしてすでに何十年。思ふにぼろぼろになるのはまだ生きてゐるからで、頭が白くなれば毛がある証拠だらう。禿げてしまへば白髪にはならない。白髪と禿げといづれを選ぶやなぞとそんな事を云つてゐるのではないので、ただ、外の事を考へてゐながら、物のたとへに禿げの話を持ち出してはいかん事を自戒せよと云爾。

病牀通信

今年の正月三日、「新春御慶ノ会」の後、二三日して、一月六日の夕方から風邪気味になつた。少し熱があるらしいが、大した事はない。一年に何度かしか外へ出ないのに、三日は大いに奮発し、又緊張したから、その疲れも残つたのだらう。又一どきに大勢の人に会つたので、その中のだれかの風邪を貰つたかも知れない。

止むを得ないから、おとなしくしてゐる外はないと観念したが、熱は微熱程度だから大した事はないと思つてゐる内に、その状態がいつ迄も続き、すでに丸二ケ月以上に及んでゐる。一日ぢゆう寝たきりで、いつも寝床の中でうつらうつらしてゐる。微熱程度の熱で寝てゐるのはいい心持である。熱に起伏はあつたが、一番高かつたのが七度四分だから大した事はない。

ただ、かうしてぢつと寝てゐればらくだけれど、寝てゐては何も食べられない。この歳になつて、寝てばかりゐて、何も食べなければ、間もなく干からびてしまふのはわかつてゐる。だから一日の内、一ぺんだけは元気を出して起き出し、お膳の前に坐つてお酒を飲み、御馳走を食べる様に心掛ける。初めの内から考へると、お酒の量も御馳走も段段減つて来る様だが、それは止むを得ないだらう。

ただそうしてゐる二ケ月の内、熱が七度四分に上がつた時は、どうにも起きる気になれなくて、一晩だけお膳を省略した。

「身辺と秋筍」に記した結滞は、去年のしつこい残暑の後、やつと涼しくなつた秋のお彼岸の頃から起こつたが、それは発作ではなく情態なので、手軽にぴつたりなほると云ふわけには行かない事は覚悟してゐたが、それがいつ迄もいつ迄も続き、正月を越してまだはつきりしなかつた。ところが今度の風邪だか疲れだかの微熱の経過中に、その方の不安はいつの間にか薄らいで、もうなほつたと自分で思ふ事が出来る様になつた。

それは難有《ありがた》かつた。思はぬ副産物である。しかし、一日に一度は起きる様にしてゐるとは云つても、大体寝てばかりゐるのだし、食べる物も少くなつてゐるから、身体が実に驚く程痩せてしまつた。従つて、起ち居に困難する。家の中をすいすいと歩く事が出来ない。柱につかまり壁に支へられ、或は家内に手を借して貰はなければならない。

随分衰へたものだなと、つくづく思ふ。時候も好くなつたし、これから二三ケ月の間にいろいろ心づもりしてゐる事もあるけれど、一体この身体がもとの様になれるのだらうかと心細く思ふ事もある。なれなければ、どうなるのか。それは極く平凡な、大変簡単な事に終るだけの話である。

しかしまだ、かうしてゐる。かうしてゐれば月日がめぐつて来る。「月日ばかりが、めぐり来て」ではなく、しなければならぬ事がめぐり来て、月に一度は原稿を書かなければならない。去年の秋以来の、発作でない情態の結滞の時の話は別として、この正月この方の病臥の間にも、今度で三度原稿を書いた。書かなければならないから、書くのでもあるが、又是非とも書きたいから書くと云ふ自分の心の張りもある。まだ、まだ、頭の中には夏の雲の様にもくもく湧き上がるものがある。その得体《えたい》の知れない雲の様なものに、すでに大体の輪郭を与へてゐるのが一つ二つはあつて、それはこの次には纏めたい。

それをさうして書き上げるには、寝床から起き出して机の前に坐らなければならない。お膳の前の御馳走ばかりでなく、この仕事もある。おちおち寝てはゐられないと云ふところである。

正月以来、今度のこの稿で三べん目である。身体が衰へてゐて、耐久力がなくなつてゐるので、頭の方が先走り、筆も前へ前へと出ようとするけれど、机の前に坐つてゐる座に堪へなくなる。

幸ひ私には、尊敬し信頼する主治医があつて、いつもお打ち合せの上、日を期して来診を願つてゐる。ところがそれはふだんの事で、今度の様に病気してゐると、常の様なわけに行かない。話が逆の様であるが、実情がさうなので、中中お打ち合せを願ふ気になれない。却つてお医者の方が気にされて、そちらから打ち合せを催促されたりする。

もう大丈夫だから、いつ迄も寝てばかりゐないで、床を払つて起きろとすすめられてゐるのだが、本人が中中その気になれない。荏苒《じんぜん》枕に頭をつけて、いつ迄もうつらうつらしてゐる。かうなると惰眠《だみん》に類するかも知れない。しかし惰眠をむさぼると云ふのは実にいい心持なものである。

又すでに二ケ月余寝たきりなので、頭の髪も髭も伸び放題の法界坊になつてしまつた。何年か前にも一度こんな事があつた。毎週一回近所の床屋が来てくれる事になつてゐるのだが、寝ついてからは、それもことわり続けてゐる。もう近い内に、一先づさつぱりする事が出来るのではないか。その時は、どうせこんなに顎《あご》にも鬚《ひげ》が伸びてゐるのだから、その中を一摘み程三角形に残し、伊太利のダヌンチオの真似をして見ようかなどと、その辺の鬚を引つ張つて考へてゐる。

百閒の喘息

吉行淳之介

一

戦時中の昭和十七年、私は静岡高等学校の一年生として寮生活をしていた。秋になって、九月二十日過ぎだったか、風邪をひいた。ところが、これがひどく苦しい。もともと病院には出かけないほうだったし、校医のところまで行く気力もない。

三日くらい苦しんで、「風邪とはこんな苦しいものだったかな、気管支炎を起しているのではあるまいか」とおもった。そういうとき、部屋の戸が開いて、理科の小川君の顔が覗いた。小柄で、丸顔で、丸い眼鏡をかけている。

「大丈夫か」

と、声をかけてきた。

平素あまりつき合いのない間柄だが、仲が悪いわけではない。

「風邪だよ」

辛うじて返事すると、

「唸り声がきこえるので、心配になってね」

そう言って、顔が引込み、戸が閉った。

寮はすべて二人部屋だったが、同室の藤本君はずっといなかった。べつの部屋に、退避していたのだろう。

ところが翌朝になると、あらゆる症状が消えていた。平素とまったく変りがない。あまり不思議なので、今度は積極的に校医のところに出かけて行った。

「気管支炎になったくらい苦しかったんですが」

医師は聴診器を胸に当てていたが、烈しい勢いで怒り出した。

「気管支炎だなんて、とんでもない。風邪の気配もないじゃないか。教練を怠けようとしたんだろう」

その校医は、にくにくしげに私を叱りつけるのである。

これが現在だったら、どんな医者でも、「これは喘息かな」という疑いを持つだろう。患者のほうでも、そういう自己診断をしてもおかしくない。

四十六年前の私は、喘息というものの存在は知っていた。しかし、自分がこの朝まで苦しんだのが喘息の発作かもしれない、とは考えもしなかった。

昭和二十年の四月から大学生になったが、その頃には私は自分が喘息だということを知っていた。その四月中旬ころ、高校の頃からの友人と二人で、伊豆古奈《こな》に旅行した。ところが、旅館に着いたとたんに喘息の発作が起った。

「マッサージで揉んでもらうといいかもしれない」

私が言って、手配した。

ところが、これが裏目に出て、発作が一層烈しくなった。

横で見ていた友人が笑い出したので、咎める眼を向けると、

「背中に跨られて、ゼイゼイ言っているのを見ると、悪いけど笑ってしまうよ」

と、言った。

結局、その宿の女主人が少量の液体を自分で注射してくれると、にわかに呼吸が穏やかになった。

そんな薬があるとは、私はまったく知らなかった。エフェドリンという薬で、錠剤もあるという。昭和二十年に会った宿屋の女主人が喘息にくわしく、十七年の校医はそのほうにまったく頭を向けなかった。いったい、あれは何だったのだろう。

軍国主義の校医で、当然知っていながら、ひたすら怒鳴ったのだろうか。

二

自分が喘息とはじめて知ったのは、軍隊に入営して四日目のことである。

昭和十九年一月に、徴兵検査を受けた。東京の半蔵門の近くにある小学校が、検査場になっていた。戦争末期なので、身長と体重のバランスが取れていて、視力が正常であれば、みな甲種合格になっていた。疲れやすいとか、すぐ息切れするなどと訴えても、相手にしてもらえない。

「甲種合格」

と、検査官の軍人が怒鳴るような声を、私に向って出した。

同年八月中旬に、入営を命令する赤紙が届き（と、長い間そうおもっていたが、現役兵の場合は白い紙だという説が出てきて、未だに解決していない）、九月一日に岡山市の連隊に入営ときまった。陸軍歩兵二等兵という最下級の身分で、突という文字を○で囲んだハンコを、書類に捺された。

入営当日、そのことについての訓辞の趣旨……。

『部隊の名称によっても想像できるだろうが、おまえたちは生命は無いものと考えて、国のため天皇陛下のために粉骨砕身して働くように』

陸軍二等兵の身分を示すものは、襟章である。赤い矩形に星が一つ付いている。戦争末期には、その星に使う金属も不足してしまい、黄色い糸で星が一つ縫いつけてあった。私たちが支給された軍服には、その黄色い糸の星もなく、いずれ自分の手で縫いつけるのだという。

おそらく、一週間ほどあとのことだろう。

『はじめの一週間は、おまえたちはお客さんだからな。お手柔らかにしておいてやる。それから後は、うんと鍛えてやるからな』

班長が、何度もそう言った。

このなさけない恰好を、自分の眼で見ておきたい。そう考えるのだが、姿を映すものがなにもない。鏡はもちろんないし、食器はアルマイトである。シガレットケースの内側は鏡の代用になるが、それも無かった。戦地で心臓のところに弾丸が当ったが、ポケットのシガレットケースのおかげで命拾いをした、という話があった。

しかし、それも何年か前の話で、入営前に探してみたが、商店に金属用品はなに一つなかった。

入営当日から嫌気がさし、風邪でもひいたのかダルくて仕方がない。その日は身体検査や被服の整理で過ぎてゆく。

班長の訓辞……。

『おまえたちが身につけたり使ったりするものは、すべて天皇陛下がくださったものなのだ。であるから、たとえ箸一本といえども紛失した場合には、重営倉と覚悟しておけ、よいか』

その箸を、入営二日目に紛失してしまった。

一本紛失して重営倉なら二本では銃殺ということか、天皇陛下からの箸を失くしたので銃殺か、と班長のところへ行った。

「班長どの、自分は箸をなくしたであります」

班長は横顔を見せたまま、まったくの無表情である。聞えないふりをしているのだが、そのふりさえ見えない見事さには驚いた。

さらに二回繰返して、同じことを言うと、

「さあ、オレは知らないよ」

と、奇妙にやさしい口調で言った。

ずいぶん時間はかかったが、まだ「お客さん」の時期なので、殴られることからは免かれた。

三日目の朝、はじめての教練があった。早足行進の演習で、歩調をとって歩いているうちに、鼻血が出はじめた。いつまでも止まらず、血は唇を縦に渡り、顎を下ってゆき、やがてその先から地面にしたたり落ちてゆく。軍服を汚さないように、顎を前に出して歩いた。ダルくて仕方がない。

昼食の後、医務室から通知がきた。入営した日の身体検査の結果、精密検査（主として、結核）を受ける必要のある者への呼出状である。その名の中に、甲種合格の私が入っているわけはない。

「そのほか、体の具合の悪いものは、この際申し出て、診察を受けよ」

と、班長が言う。

こういうときにその言葉に乗ると、たちまち殴られて、ときには半殺しの目に遭うと聞いていた。

しかし、名告り出てみた。あまりにダルいので、半日くらい寝ることが許されれば、とおもったのである。

班長は睨み付けたが、殴りはしなかった。不思議な気がした。

医務室の軍医も、咎めるような鋭い口調で言った。

「なにしにきた、おまえは」

「気管のあたりが変なのであります」

「ふん、おまえは学生か」

「ハ」

「どこの学校だ」

「静岡高校であります」

「いつ、大学だ」

「来年の四月であります」

会話の途中で、不意に軍医の語調から厳しさが消えた。それは、際立っていて、軍医は気軽な調子でこう言った。

「とにかく診てみよう」

やがて軍医は聴診器を耳から外し、隣の椅子に座っているもう一人の軍医に、低い声で話しかけた。そのささやくような声が、耳に届いた。それは、思いもかけない、夢想することさえできないものだった。

「これは、気管支喘息ですな。隊は『突部隊』ですから、ちょっとムリでしょう。どうしましょう、帰しますか」

このときが、自分が喘息と知った最初なのだった。

軍医は、私のほうに向き直って訊ねた。

「おまえは、自分が喘息だということを知っていたか」

「知りませんでした」

ふたたび、隣の椅子の軍医とのささやき声の会話になったが、今度は聞き取ることができない。

やがて、軍医は私の眼を覗き込むようにして、言った。

「おまえは気管支喘息だからな、帰すことにする。隊に戻って、命令の出るのを待機しておれ」

三

入営したのに帰ってくるのを「即日帰郷」というが、厳密にいえば即日ではない。四日目の暗くなりはじめたころ、私は営門を出て、岡山市桶屋町の生家に向って歩いていた。

「甲種の即帰《そっき》は一万人に一人だぞ。娑婆《しゃば》に戻るのも、またよからずや」

と、小隊長が私に言った。

家に着いて、

「帰ってきました」

と言うと、祖父の顔が強張った。

脱走してきたか、と疑ったようだ。

祖父は、早起きして冷水摩擦、天皇陛下万歳の人物である。先日の町内の壮行会は、路地に集まって立ったままおこなわれた。出征者は現役兵二人、一人は国民服に日の丸をタスキにかけ大声で挨拶した。

あとの一人は学生服の私で、普通の口調で短く挨拶した。日の丸も千人針も断っていた。

「みっともない」

と、祖父は貧血を起して、うしろに倒れかかったそうである。……このことは、あとで聞いた。

喘息が苦しくなってきた上に、風邪のせいか熱も出て（喘息発作は熱を伴わない）いたが、祖父はだんだん笑顔になってきた。「はやく寝たほうがいい」と、布団を敷くように指示したりしていた。やはり、○突部隊に入って戦死するより、近所に体裁が悪くても孫が帰ってきたほうが嬉しいらしかった。戦前としては長生きで、当時すでに七十歳の半ばを越えていた。

二日間、私は眠りつづけた。そして、これで軍隊との縁が切れた、とおもった。兵役免除か、それに近い扱いになったにちがいない。

学校に戻ると、川崎の工場に勤労動員された。そして、間もなく喘息発作が起り、東京の家に戻った。

翌年の一月、理解しにくい郵便物がきた。『徴兵検査を受けよ』という内容で、今度の検査場は四谷見附の近くの小学校だった。

不思議な気はしたが、不安はなかった。なにしろ当方は、即日帰郷になったばかりの病人なのである。

「それにしても、今度は召集令状がきたというのなら、まだ話の筋が通るが」

とおもいながら、好奇心をもって出かけて行った。

検査官の訓辞が終ると、私はその軍人の前に出て、自分のこれまでの経緯を説明した。

検査官は私の言い分には答えず、この前と同じかたちで、検査がおこなわれた。丁度一年前に徴兵検査を受け、九月一日に入営し、即日帰郷になったが、その歳月が何処かへ行ってしまったようだ。ふたたび軍隊にかかわり合いを持つことになるとすれば、べつの形でべつの手続きの筈だとおもっているうちに、結果が出はじめた。

甲・乙・丙種までが合格ということになり、丁・戊種は不合格である。戊種となると、兵役免除といってよい。

どこらあたりかな、と発表を待っていると、検査官は私の名を呼び、

「甲種合格」

と、大きな声で言った。

驚いたが、抗弁はもちろん質問さえ許されない。なにしろ天皇陛下の決定なのだから。形はそうでも、内容は検査官の軍人が私の言い分に腹を立て、悪意とともに「甲種合格」と叫んだのは、はっきりしている。

それにしても、二度の徴兵検査を受け、二度とも甲種合格になった男は、私のほかにいるだろうか。私自身は、戦後四十三年間そういう人物に会ったことはないが、はたしてもう一人くらいはいるのだろうか。

「また、入営通知が届くのか」

と、鬱陶しい気分になった。

しかし、その後空襲で家を焼かれたりしたものの、入営通知よりも八月十五日の敗戦の日のほうが先にきた。

四

平成元年になって、福武書店から刊行になっている『内田百閒全集』が、完結した。河盛好蔵氏、それに安岡章太郎と私との三人が、この全集の監修者として名を連ねている。

内田百閒には熱狂的な愛読者がいて、そういう人たちはなにもかも読んでいる。私の場合はそれほどではなく、百閒先生の小説や随筆に好きな作品があって、たとえば「サラサーテの盤」や「実説艸平記」がそれである。また、初期の短篇集『冥途』については、そのうち詳しく感想を書いてみようかと考えたりしていて、かなりの分量のものを読んではいるが……。

今度の機会に、あちこち眼を通していたとき、

「えっ」

と、おもわず声が出た。

「寿命」（全集第十一巻）という十頁ほどの作品を読んでいて、意表をつかれたのだ。平山三郎氏の解題によれば、昭和十九年一月号の雑誌「東炎」に「喘息」という題名の口述原稿が載り、「寿命」はその一節である、という。つまり、内田百閒が喘息だったことを、私は昭和六十三年になってはじめて知った。

「寿命」発表の昭和十九年は、百閒五十五歳で、六歳の頃からの持病の喘息のことをはじめて書いている。

百閒の持病といえば心臓神経症で、いまにも死ぬかという症状が数十時間つづいたあと、今までのことが嘘のように治ってしまう。百閒は心臓のほうは繰返し書いているが、喘息については「寿命」のほか「巡査と喘息」「早春の喘鳴《ぜんめい》」くらいしか書いていない。

『積み重ねた布団に靠《もた》れて苦しんでゐた子供の時の記憶が残つてゐる』

とあるので、幼年期から年季が入っているようだ。思春期に体質が変って軽くなることが多いが、そういうこともなく五十五歳の文章にこういう部分がある。

『（略）子供の時からの病歴もあるしその外にもいろいろ聞き知る事があつて、要するに喘息と云ふ病気は不思議な厄介な苦しい病気であると云ふ覚悟をしてゐる。四百四病の中で苦しいと云ふ点から云つたら恐らく第一位に位する病気だ、とその本には書いてある。その癖喘息は他の悪い條件が併発しない限り、喘息そのもので死ぬと云ふ事は殆んどないと云ふ事も書いてある。つまり死ぬ心配はないが苦しい事は随一だと云ふ事になる。患者としてこんな訳の解らぬ話はないのであつて、病気と云ふものは死ぬ為の一つの手掛かりだと思つてゐた。病気の窮極が死ぬと云ふ事に関聯なくしてただ苦しい丈が取柄だと云ふのは面白くない。病気の為の病気、或は病気至上主義の病気と云ふのであらうか』

内田百閒らしい論旨であるが、心臓神経症も似たようなものではないか。それなのに、百閒は心臓神経症のことは繰返し書いている。これには三つの型があって、その第三のものは「タヒカルジイ」という病状で、急に脈搏が一分間に二百くらいになるが、呼吸は早くならない。その発作の一番長かったのは三十六時間半だとか、タヒカルジイとは心臓収縮性異常疾速症ということだとか、子供が自慢しているような少し嬉しそうな気配もある。

「華甲の宴」という作品にも三十六時間半のことが出てくるが、発作が突然治るところは、喘息と同じようになんとも不思議である。

『一番長かつたのは三十六時間半続いた。お医者の所へ行つたきりで帰る事が出来ない。泊めて貰つて二日目の朝になつて、二階の窓から外を見ると、往来を隔てた向うの家の屋根に若い男が上がつて何かしてゐる。屋根職か知らと思つて、身体を曲げてそつちを見ようとしたら、その拍子に胸の所から何だかぽんと抜けて発作がなほつた』

「一病息災」という作品もあり、その一病とは心臓神経症のことである。「竹杖記」「養生訓」など、いくらでも作品が出てくる。「早春の結滞」とか「基隆《キールン》の結滞」とか、なかなかスマートな題名のものもある。

ところで、「寿命」にはこういう部分もあった。

『さう云へば私の別の持病の動悸や結滞も、矢張りさう云ふ病気至上主義の病気の中に這入るかも知れない。動悸、結滞については、今迄の本の中に私の覚え書があるから重ねて繰り返さないが、喘息の事に関聯して云ふと、喘息は子供の時からの病気であり、動悸は三十歳前からの病気であつて、結滞の初まりはもつと遅い。従つて病気の経歴は大分若いのであるが、その為に苦しんだ方から云ふと喘息よりは甚だしい。何度ももう死ぬのかと思つた（略）』

ここを読んで、納得できた。

最初、百閒は喘息という症状が気に入らず、心臓神経症というタイプをヒイキにしているのか、と私は邪推した。ところが、話はもっと簡単だったようだ。百閒の喘息は青年期を過ぎる頃から軽くなって、『私には夏型の喘息がある』などと書いている。それがどういうものか私は知らないが、大きな咳やくしゃみがつづくもののようである。引用の文中に出てくる「本」とは、夜中の騒音が烈しいので、近所で貸してくれた喘息の本のことである。

気管支が痰でぎっしり詰まってしまい、咳もくしゃみも出てくる余地がなくなる。そういう窒息寸前の二十数時間を何度も送った体験は、百閒にはなかったようだ。そうとなれば、繰返し書くだけの気持がもてなかったのは無理もない。

それにしても、喘息も心臓神経症も、快晴の昼がたちまち嵐の夜になり、そのうちに一瞬の間にその逆に戻り、しかも原因不明という症状である。それを自分がかかえ込んでいるとなると、死ぬほど苦しい目に遭いながらも、心の隅で興味津津としたものが動く。

結局、内田百閒は老衰のために八十二歳で大往生を遂げた。『日没閉門』という随筆集刊行直前だったが、そのゲラ刷を見ることはできた。

五

百閒先生とは、ほかにも多少の因縁がある。内田百閒は、明治二十二年に岡山市古《ふる》京《ぎょう》町に生れ、生家は造り酒屋であった。第六高等学校に入学、上京したのは四十三年二十一歳、東大独文科に進んだためである。

古京町といえば、後楽園の傍である。私は大正十三年、岡山市桶屋町に生れ、昭和二年ころ父母と一緒に東京に移った。しかし、祖父と叔父が生家に住んでいたので、しばしば帰郷した。高校受験のときは、六高とも考えたが、口喧《くちやかま》しい祖父のことを頭に入れて静高にした。

上京したあと、内田百閒は昭和十二年に牛込市谷仲之町から、麴町区土手三番町三七番地に転居した。私は昭和三年から同区土手三番町一九番地に住んでいた。十九年だったか、町名表記が変り、土手三番町は五番町になった。

昭和二十三年、百閒先生はすぐ傍の六番町の新築極小住宅に移った。

私は三十四年まで五番町にいたが、百閒先生の住居の場所は今でも曖昧である。市谷から四谷への土手下の一劃であることは確かなのだが。その土手下の狭い道を市谷側から歩いてゆくと、左へ曲る手前のところに、土手から松の枝が突き出している。道幅いっぱいに、頭上を太い枝が水平に遮っている。百閒先生は夏目漱石に師事していたが、その漱石の「吾輩は猫である」に「首吊りの松」というのが出てくる。そのモデルがこの土手の松だという説があったが、これも確かではない。

二十二年間、歩いて五分ほどのところに住んでいたのだし、愛読者であったのに、道で見かけたこともない。とうとう、生身の内田百閒を見ることはできなかった。

麻布中学の上級の頃と静高の夏休には、岡山に帰郷した。子供の頃から後楽園が好きだったので、さっそく出かける。旭川の下流の橋を渡ると、そこが入口である。藩主池田侯の庭園を公開したもので、日本三名園の一つというが、金沢の兼六園や水戸の偕楽園とは、かなり趣きが違う。

門を入ると、一気に全体が見渡せてしまう。池とそれに沿った茶色い土の道と芝生が単純簡明にレイアウトされていて、それで終りである。平凡といえばこの上なく平凡、大胆というか、呆気ないというか……。

短かく刈られた緑の芝生の上に、頭のてっぺんの赤い鶴が歩いている。

かんがえごとをしながら、かなり広い池の縁を歩き、裏門から外へ出る。そこも旭川で渡し舟がある。有料である。向う岸に着くと、そこは烏城だ。

歩いて生家まで帰るのだが、三十分足らずで着く。それとは知らず、百閒先生の生家の傍を歩いたことがあったかもしれない。

（「小説新潮」昭和六十四年新春号より）

編集付記

一、本書は福武書店版『新輯　内田百閒全集』（一九八六年十一月刊行開始）を底本に、新たに編んだアンソロジーです（編者：佐藤聖）。

二、表記は原則として新漢字・旧仮名遣いを採用しました。

三、本文中には、現在の人権意識に照らして不適切な表現が数箇所ありますが、執筆当時の時代背景や作品の古典的価値、および著者が他界していることなどに鑑み、原文のままとしました。

四、本書所収の随筆「養生訓」は既に中公文庫『御馳走帖』に収録されていますが、「病」をテーマとする本アンソロジーには不可欠と考え、再録しました。

（中公文庫編集部）

中公文庫

一病息災《いちびょうそくさい》

2003年 6 月25日　初版発行
2020年10月30日　3刷発行

著　者　内《うち》田《だ》百閒《ひゃっけん》

発行者　松田陽三

発行所　中央公論新社
〒100-8152　東京都千代田区大手町1-7-1
電話　販売 03-5299-1730　編集 03-5299-1890
URL http://www.chuko.co.jp/

DTP　石田香織
印　刷　三晃印刷
製　本　小泉製本

Published by CHUOKORON-SHINSHA, INC.
Printed in Japan　ISBN978-4-12-204220-9 C1195

定価はカバーに表示してあります。落丁本・乱丁本はお手数ですが小社販売部宛お送り下さい。送料小社負担にてお取り替えいたします。

中公文庫既刊より

各書目の下段の数字はISBNコードです。978-4-12が省略してあります。

う-9-4　御馳走帖　内田百閒《ひゃっけん》

朝はミルク、昼はもり蕎麦、夜は山海の珍味に舌鼓をうつ百閒先生の、窮乏時代から知友との会食まで食味の楽しみを綴った名随筆。〈解説〉平山三郎

202693-3

う-9-5　ノラや　内田百閒

ある日行方知れずになった野良猫の子ノラと居つきながらも病死したクルツ。二匹の愛猫にまつわる愛情と機知とに満ちた連作14篇。〈解説〉平山三郎

202784-8

う-9-7　東京焼盡《しょうじん》　内田百閒

空襲に明け暮れる太平洋戦争末期の日々を、文学の目と現実の目をないまぜつつ綴る日録。詩精神あふれる稀有の東京空襲体験記。

204340-4

う-9-10　阿呆の鳥飼　内田百閒

鶯の鳴き方が悪いと気に病み、漱石山房に文鳥を連れて行く……。『ノラや』の著者が小動物たちとの暮らしを綴る掌篇集。〈解説〉角田光代

206258-0

う-9-11　大貧帳　内田百閒

お金はなくても腹の底はいつも福福である——質屋、借金、原稿料……飄然としたなかに笑いが滲みでる。百鬼園先生独特の諧謔に彩られた貧乏美学エッセイ。

206469-0

う-9-12　百鬼園戦後日記Ⅰ　内田百閒

『東京焼盡』の翌日、昭和二十年八月二十二日から二十一年十二月三十一日までを収録。掘立て小屋の暮しを飄然と綴る。〈巻末エッセイ〉谷中安規（全三巻）

206677-9

う-9-13　百鬼園戦後日記Ⅱ　内田百閒

念願の新居完成。焼き出されて以来、三年にわたる小屋暮しは終わる。昭和二十二年一月一日から二十三年五月三十一日までを収録。〈巻末エッセイ〉高原四郎

206691-5

よ-17-13
不作法のすすめ
吉行淳之介
文壇きっての紳士が語るアソビ、紳士の条件。著者自身の酒場における変遷やダンディズム等々を通して「人間らしい人間」を指南する洒脱なエッセイ集。
205566-7

よ-17-12
贋食物誌《にせしょくもつし》
吉行淳之介
たべものを話の枕にして、豊富な人生経験を自在に語る、洒脱なエッセイ集。本文と絶妙なコントラストを描く山藤章二のイラスト一〇一点を併録する。
205405-9

よ-17-11
好色一代男
吉行淳之介 訳
生涯にたわむれし女三千七百四十二人、終には女護の島へと船出し行方知れずとなる稀代の遊蕩児世之介の物語が、最高の訳者を得て甦る。〈解説〉林　望
204976-5

よ-17-10
また酒中日記
吉行淳之介 編
銀座や赤坂、六本木で飲む仲間との語らい酒、先輩たちと飲む昔を懐かしむ酒――文人たちの酒にまつわる出来事や思いを綴った酒気漂う珠玉のエッセイ集。
204600-9

よ-17-9
酒中日記
吉行淳之介 編
吉行淳之介、北杜夫、開高健、安岡章太郎、瀬戸内晴美、遠藤周作、阿川弘之、結城昌治、近藤啓太郎、生島治郎、水上勉他――作家の酒席をのぞき見る。
204507-1

ひ-37-2
百鬼園先生雑記帳
附・百閒書簡註解
平山三郎
「百閒先生日暦」「『冥途』の周辺」ほか阿房列車でお馴染み〈ヒマラヤ山系〉による随筆と秘蔵書簡への詳細な註解。百鬼園文学の副読本。〈解説〉田村隆一
206843-8

ひ-37-1
実歴阿房列車先生
平山三郎
阿房列車の同行者〈ヒマラヤ山系〉にして国鉄職員だった著者が内田百閒の旅と日常を綴った好エッセイ。人物像を伝えるエピソード満載。〈解説〉酒井順子
206639-7

う-9-14
百鬼園戦後日記Ⅲ
内田百閒
自宅へ客を招き九晩かけて還暦を祝う。昭和二十三年六月一日から二十四年十二月三十一日まで。索引付。〈巻末エッセイ〉平山三郎・中村武志〈解説〉佐伯泰英
206704-2

よ-17-14
吉行淳之介娼婦小説集成　吉行淳之介
赤線地帯の疲労が心と身体に降り積もり、街から抜け出せなくなる繊細な神経の女たち。「赤線の娼婦」を描いた全十篇に自作に関するエッセイを加えた決定版。
205969-6

い-38-3
珍品堂主人　増補新版　井伏鱒二
風変わりな品物を掘り出す骨董屋・珍品堂を中心に善意と奸計が織りなす人間模様を鮮やかに描く。関連エッセイを増補した決定版。〈巻末エッセイ〉白洲正子
206524-6

い-38-4
太宰治　井伏鱒二
師として友として太宰治と親しくつきあった井伏鱒二。二十年ちかくにわたる交遊の思い出や作品解説など太宰に関する文章を精選集成。〈あとがき〉小沼　丹
206607-6

い-38-5
七つの街道　井伏鱒二
篠山街道、久慈街道……。古き時代の面影を残す街道を歩いて、史実や文献を辿りつつ、その今昔を風趣豊かに描いた紀行文集。〈巻末エッセイ〉三浦哲郎
206648-9

い-41-3
ある昭和史　自分史の試み　色川大吉
十五年戦争を主軸に、国民体験の重みをふまえつつ昭和という時代を鋭い視角から描き切り、「自分史」のさきがけとなった異色の同時代史。毎日出版文化賞受賞作。
205420-2

い-42-3
いずれ我が身も　色川武大
歳にふさわしい格好をしてみるかと思っても、長年にわたって磨き込んだみっともなさは変えられない——永遠の〈不良少年〉が博打を友を語るエッセイ集。
204342-8

い-42-4
私の旧約聖書　色川武大
中学時代に偶然読んだ旧約聖書で人間の叡智への怖れを知った……。人生のはずれ者を自認する著者が、旧約と関わり続けた生涯を綴る。〈解説〉吉本隆明
206365-5

い-87-1
ダンディズム　栄光と悲惨　生田耕作
かのバイロン卿がナポレオン以上に崇めた伊達者ブランメル。彼の生きざまやスタイルから〝ダンディ〟の神髄に迫る。著者の遺稿を含む「完全版」で。
203371-9

う-37-1
怠惰の美徳
梅崎春生、荻原魚雷 編
戦後派を代表する作家が、怠け者のまま如何に生きてきたかを綴った随筆と短篇小説を収録。真面目で変でおもしろい、ユーモア溢れる文庫オリジナル作品集。
206540-6

か-2-3
ピカソはほんまに天才か 文学・映画・絵画…
開高　健
ポスター、映画、コマーシャル・フィルム、そして絵画。開高健が一つの時代の類いまれな眼であったことを痛感させるエッセイ42篇。〈解説〉谷沢永一
201813-6

か-2-6
開高健の文学論
開高　健
抽象論に陥ることなく、徹頭徹尾、作家と作品だけを見つめた文学批評。内外の古典、同時代の作品、そして自作について、縦横に語る文学論。〈解説〉谷沢永一
205328-1

か-2-7
小説家のメニュー
開高　健
ベトナムの戦場でネズミを食い、ブリュッセルの郊外の食堂でチョコレートに驚愕。味の魔力に取り憑かれた作家による世界美味紀行。〈解説〉大岡　玲
204251-3

か-4-3
養生訓
貝原益軒、松田道雄 訳
益軒の身体的自叙伝ともいうべき「養生訓」は自然治癒の思想を基本とした自主的健康管理法で、現在でもなお実践的価値が高い。〈巻末エッセイ〉玄侑宗久
206818-6

か-18-7
どくろ杯
金子光晴
『こがね蟲』で詩壇に登場した詩人は、その輝きを残し、夫人と中国に渡る。長い放浪の旅が始まった――青春と詩を描く自伝。〈解説〉中野孝次
204406-7

か-18-8
マレー蘭印紀行
金子光晴
昭和初年、夫人三千代とともに流浪する詩人の旅はいつ果てるともなくつづく。東南アジアの自然の色彩と生きるものの営為を描く。〈解説〉松本　亮
204448-7

か-18-9
ねむれ巴里
金子光晴
深い傷心を抱きつつ、夫人三千代と日本を脱出した詩人はヨーロッパをあてどなく流浪する。『どくろ杯』につづく自伝第二部。〈解説〉中野孝次
204541-5

各書目の下段の数字はISBNコードです。978－4－12が省略してあります。

か-18-10
西ひがし
金子光晴
暗い時代を予感しながら、喧噪渦巻く東南アジアにさまよう詩人の終りのない旅。『どくろ杯』『ねむれ巴里』につづく放浪の自伝。〈解説〉中野孝次
204952-9

か-18-14
マレーの感傷 金子光晴初期紀行拾遺
金子光晴
中国、南洋から欧州へ。詩人の流浪の旅を当時の雑誌掲載作品や手帳などから編集する。晩年の自伝三部作へ連なる原石的作品集。〈解説〉鈴村和成
206444-7

し-31-5
海軍随筆
獅子文六
海軍兵学校や予科練などを訪れ、生徒や士官の人柄に触れ、共感をこめて歴史を繙く「海軍」秘話の数々。小説『海軍』につづく渾身の随筆集。〈解説〉川村湊
206000-5

し-31-6
食味歳時記
獅子文六
ひと月ごとに旬の美味を取り上げ、その魅力を一年分綴る表題作ほか、ユーモアとエスプリを効かせた食談を収める、食いしん坊作家の名篇。〈解説〉遠藤哲夫
206248-1

し-31-7
私の食べ歩き
獅子文六
日本で、そしてフランス滞在で磨きをかけた食の感性と、美味への探求心。「食の神髄は惣菜にあり」との境地を綴る食味随筆の傑作。〈解説〉高崎俊夫
206288-7

た-13-5
十三妹《シイサンメイ》
武田泰淳
強くて美貌でしっかり者。女賊として名を轟かせた十三妹は、良家の奥方に落ち着いたはずだったが……中国古典に取材した痛快新聞小説。〈解説〉田中芳樹
204020-5

た-13-6
ニセ札つかいの手記 武田泰淳異色短篇集
武田泰淳
表題作のほか「白昼の通り魔」「空間の犯罪」など、独特のユーモアと視覚に支えられた七作を収録。戦後文学の旗手、再発見につながる短篇集。
205683-1

た-13-7
淫女と豪傑 武田泰淳中国小説集
武田泰淳
中国古典への耽溺、大陸風景への深い愛着から生まれた、血と官能に満ちた淫女・豪傑の物語。評論一篇を含む九作を収録。〈解説〉高崎俊夫
205744-9

た-13-8
富士
武田泰淳
悠揚たる富士に見おろされる精神病院を舞台に、人間の狂気と正常の謎にいどみ、深い人間哲学をくりひろげる武田文学の最高傑作。〈解説〉堀江敏幸
206625-0

た-13-9
目まいのする散歩
武田泰淳
歩を進めれば、現在と過去の記憶が響きあい、新たな記憶が甦る……。野間文芸賞受賞作。巻末エッセイ「丈夫な女房はありがたい」などを収めた増補新版。
206637-3

た-13-10
新・東海道五十三次
武田泰淳
妻の運転でたどった五十三次の風景は――。自作解説「東海道五十三次クルマ哲学」、武田花の随筆「うちの車と私」を収録した増補新版。〈解説〉高瀬善夫
206659-5

と-28-1
夢声戦争日記 抄 敗戦の記
徳川夢声
活動写真弁士を皮切りに漫談家、俳優としてテレビ・ラジオで活躍したマルチ人間、徳川夢声が太平洋戦争中に綴った貴重な日録。〈解説〉水木しげる
203921-6

と-28-2
夢声戦中日記
徳川夢声
花形弁士から映画俳優に転じ、子役時代の高峰秀子らと共演した名優が、真珠湾攻撃から東京大空襲に到る三年半の日々を克明に綴った記録。〈解説〉濵田研吾
206154-5

な-52-4
文豪と酒 酒をめぐる珠玉の作品集
長山靖生編
漱石、鷗外、荷風、安吾、太宰、谷崎ら16人の作家と白秋、中也、朔太郎ら9人の詩人の作品を厳選。酒に託された憧憬や哀愁がときめく魅惑のアンソロジー。
206575-8

な-52-5
文豪と東京 明治・大正・昭和の帝都を映す作品集
長山靖生編
繁栄か退廃か？ 栄達か挫折か？ 漱石、鷗外、鏡花、荷風、芥川、谷崎、乱歩、太宰などが描いた珠玉の作品を通して移り変わる首都の多面的な魅力を俯瞰。
206660-1

な-52-6
文豪と食 食べ物にまつわる珠玉の作品集
長山靖生編
子規が柿を食した時に聞こえたのは東大寺の鐘だった？ 潔癖症の鏡花は豆腐を豆府に！ 漱石、露伴、荷風、谷崎、芥川、久作、太宰など食道楽に収まらぬ偏愛的味覚。
206791-2

各書目の下段の数字はISBNコードです。978－4－12が省略してあります。

な-73-1
麻布《あざぶ》襍記《ざっき》 附・自選荷風百句　永井荷風
東京・麻布の偏奇館で執筆した小説「雨瀟瀟」「雪解」、随筆「花火」「偏奇館漫録」等を収める抒情的散文集。初の文庫化。〈巻末エッセイ〉須賀敦子
206615-1

な-73-2
葛飾土産　永井荷風
石川淳が「戦後はただこの一篇」と評した表題作ほか、短篇・戯曲・随筆を収めた戦後最初の作品集。久保田万太郎の同名戯曲、石川淳「敗荷落日」を併録。
206715-8

な-73-3
鷗外先生 荷風随筆集　永井荷風
師・森鷗外、足繁く通った向島・浅草をめぐる文章と、自伝的作品を併せた文庫オリジナル編集。巻末に谷崎潤一郎、正宗白鳥の批評を付す。〈解説〉森まゆみ
206800-1

ふ-2-5
みちのくの人形たち　深沢七郎
お産が近づくと屏風を借りにくる村人たち、両腕のない仏さまと人形――奇習と宿業の中に生の暗闇を描いた表題作をはじめ七篇を収録。〈解説〉荒川洋治
205644-2

ふ-2-6
庶民烈伝　深沢七郎
周囲を気遣って本音は言わずにいる老婆（「おくま嘘歌」）、美しくも滑稽な四姉妹（「お燈明の姉妹」）ほか、烈しくも哀愁漂う庶民を描いた連作短篇集。〈解説〉蜂飼 耳
205745-6

ふ-2-7
楢山節考／東北の神武たち 深沢七郎初期短篇集　深沢七郎
「楢山節考」をはじめとする初期短篇のほか、伊藤整・武田泰淳・三島由紀夫による選評などを収録。文壇に衝撃をもって迎えられた当時の様子を再現する。〈解説〉小山田浩子
206010-4

ふ-2-8
言わなければよかったのに日記　深沢七郎
小説「楢山節考」でデビューした著者が、武田泰淳、正宗白鳥ら畏敬する作家との交流を綴る文壇日記。巻末に武田百合子との対談を付す。〈解説〉尾辻克彦
206443-0

ふ-2-9
書かなければよかったのに日記　深沢七郎
ロングセラー『言わなければよかったのに日記』の姉妹編（『流浪の手記』改題）。飄々とした独特の味わいとユーモアがにじむエッセイ集。〈解説〉戌井昭人
206674-8